KB066392

계백

계백
고정욱 장편소설

초판 인쇄 | 2011년 8월 10일
초판 발행 | 2011년 8월 15일

지은이 | 고정욱
펴낸이 | 신현운
펴는곳 | 연인M&B
기 획 | 여인화
디자인 | 이수영 이희정
마케팅 | 박재수 박한동
등 록 | 2000년 3월 7일 제2-3037호
주 소 | 143-874 서울특별시 광진구 자양동 680-25호(2층)
전 화 | (02)455-3987 팩스 | (02)3437-5975
홈주소 | www.yeoninmb.co.kr
이메일 | yeonin7@hanmail.net

값 12,000원

© 고정욱 2011 Printed in Korea

ISBN 978-89-6253-099-5 03810

계백

고정욱 장편소설

오늘만큼은 백제가 아닌 오직
고향에 있는 가족들을 위해 싸워라
우리의 부모님과 형제를 그리고
아내와 자식들을 위해
싸워주기 바란다

연인M&B

계백

차례

탐미적인 드라마

수천 가구가 모여 있는 사비성(泗沘城)은 고도의 모습을 간직하고 있었다. 굽이쳐 흐르는 백강(白江; 白馬江)에서는 당(唐)나라군이 배를 타고 새까맣게 올라왔고, 동쪽에서는 성난 신라(新羅)군이 나성을 넘어 물밀듯이 쳐들어오고 있었지만 멀리서 바라본 도읍지는 이 사실을 모르고 있는 듯했다. 하지만 가까이 다가가서 본 사비성 안 골목골목은 혼란 그 자체였다.

"당나라군이 온대!"

"신라군이 파죽지세(破竹之勢)로 쳐들어오고 있대!"

"아이고 우리는 망했다, 망했어."

남부여대(男負女戴)하고 피난민들이 사방으로 흩어지고 있었다. 귀족들의 고대광실(高臺廣室)에서는 이미 성난 백성들의 약탈이 시작되었다. 민초들은 그동안 쌓였던 원한을 풀기라도 하듯 닥치는 대로 난입해 손에 걸리는 대로, 가지고 갈 수 없을 정도로 물건들을 끌어안고 비척댔다. 조금이라도 귀해 보이는 물건들은 서로 뺏겠다고 아웅다웅 치고받으며 다투는 것이 전쟁보다 더했다.

그 와중에 나라를 지키기 위해 끝까지 목숨을 바칠 결심을 한 자들은 궁궐 앞 대로에 하나둘씩 모여들었다.

"창과 칼을 들 수 있는 자들은 모두 궁궐 앞으로 모이시오. 계백(階伯) 장군이 결사대를 모으고 있소!"

그러나 나라가 망해 가는 판국에 결사대에 껴서 목숨을 바칠 자는 그리 많지 않았다. 그래도 몇몇 젊은이들은 분기를 참지 못해 맨주먹을 불끈 쥔 채 궁궐을 향해 달려가고 있었다. 백제(百濟)를 구하겠다는 일념으로 똘똘 뭉친 군사들이 궁궐 앞 곧게 뻗은 대로에 삼삼오오 모여들었지만 그들은 한마디로 오합지졸이었다. 이제 곧 최후의 일전을 벌이기 위해 동쪽으로 출발할 결사대 분위기는 전혀 나지 않았다.

대장이 기거하는 천막 안에는 요란한 금속 장신구로 덮은 갑옷을 입고 큰 칼을 옆에 찬 장수가 하나 앉아 있었다. 40대 중반의 그는 기골이 장대하며 부리부리한 눈빛을 가지고 안광으로 사람을 제압하려는 듯 부하 장수들과 막료들을 살펴보고 있었다. 그는 바로 계백이었다.

그때 황급히 달려온 부하 장수가 막사 안으로 들어와 부복하고 말했다.

"장군! 명하신 대로 결사대를 구성하고 있습니다! 속속 사람들이 모여들고 있습니다!"

"그래, 몇이나 될 것 같으냐?"

"얼추 오천은 될 것 같습니다."

"우리가 이 오천 명의 결사대로 신라군을 막아 내지 못한다면 백제의 운명은 그걸로 끝이다."

숙연한 표정으로 부하 장수들과 막료들은 고개를 숙이고 계백의 이야기를 들었다. 검은 수염을 부르르 떨며 계백은 각오를 이어 나갔다.

"나라가 백척간두의 위기에 처한 지금 우리 결사대는 모두 죽음을 각오해야 한다. 우리가 무너지면 백제는 더 이상 이 땅에 남아 있을 수가 없고, 우리의 가족들 생명은 물론이려니와 재산과 그동안 쌓아 올렸던 모든 것들이 헛것이 된다. 우리가 목숨 바쳐 싸워야 할 이유가 여기에 있음을 그대들은 아는가?"

"예, 알고 있습니다."

계백이 백제의 마지막 왕 의자(義慈)의 소환을 받아 최후의 결전을 준비하게 된 것은 보름 전이었다. 왕으로부터 내려온 어명은 지엄했다.

　그대에게 백제의 운명을 맡기니 사력을 다해 적들을 막기
바라노라. 사소한 명령은 그대가 나에게 받을 필요가 없다.
현장에서 모든 것을 지휘 해결하고 집행한 뒤에 나중에 나
에게 보고하도록 하라. 부디 이 나라를 지켜 주기 바란다.

　주지육림(酒池肉林)에 빠져 오락가락하는 왕이었지만
위기가 닥치자 비로소 제정신이 돌아오는 것 같았다. 과
거에 해동증자(海東曾子)라는 말을 들었던 그인지라 아
무리 총기가 흐려졌다지만 결사대를 꾸려서 최후의 항전
을 지시할 정도의 지각은 있었던 것이다. 전쟁이라는 것
은 기 싸움이고 군사들의 사기에 의해 승패가 결정되는
것이었다. 파죽지세로 밀리던 백제군이 결사대를 통해
적의 예봉을 꺾는다면 적지에 와 있는 그들은 시간이 흐
름에 따라 보급에 문제가 생기기에 아무리 당군과 합공
의 약속을 철석같이 했다 해도 결국 신라로 되돌아갈 수
밖에 없는 처지였다.
　백제의 충신이었던 성충(成忠)과 흥수(興首)의 간을 듣
지 않고 결국 신라군들을 별다른 저항 없이 백제 강역으
로 넘어오도록 놔둔 것은 잘못이었지만 이제라도 수습할

수 있다면 싸우는 수밖에 없었다. 오래도록 기병을 지휘했던 경험을 가진 계백은 최후의 결전장을 황산벌로 정했다. 탁 트였으며 말이 마음껏 달릴 수 있는 그곳에서 일전을 치르려는 거였다.

"아직도 여합은 오지 않았느냐?"

그의 오른팔인 여합은 소집에 응하지 못하고 있었다.

"예, 잠시 집에 들렀다 온다 하였습니다."

"이 와중에 집에 들른단 말이냐?"

"처리할 문제가 있다고 합니다."

말이 끝나기가 무섭게 여합이 막사로 달려 들어왔다. 군례를 다하는 그의 옷에는 피가 묻어 있었다.

"그대는 어쩐 일로 늦었는가, 소집령이 지엄한 것을 모르는가?"

"장군! 죄송합니다."

과장된 표정으로 그는 무릎을 꿇었다.

"집에서 급히 처리할 일이 있었습니다."

"그것이 무엇이냐?"

"말씀드리기 곤란하오나……."

핏발선 여합의 눈을 보며 계백은 심상치 않은 일이 벌어졌음을 느꼈다.

"말해 보아라."

"이 전쟁에서 지면 남아 있는 저의 식솔들은 모두 신라 군의 노비가 됩니다. 저의 아내와 첩들도 적장의 노리개가 될 뿐입니다. 그리하여 집에 들어가 이 사실을 알리고 저의 아내와 처, 그리고 자식들을 모두……."

그다음 말은 하지 않아도 알 수 있었다. 강직한 여합은 가족들을 모두 죽이고 온 거였다. 부하 장수들과 막료들은 서로의 얼굴을 바라보았다. 그 말을 들은 계백은 이를 악물었다.

"그래, 그대의 각오가 그토록 강한 줄 몰랐다. 다들 보았는가! 가족까지 죽인 우리가 더 이상 물러설 곳은 없다. 신라군을 무찌르느냐 못 무찌르느냐, 우리가 죽느냐 사느냐는 이번 일전에 걸려 있다!"

이 소문은 이내 병영 전체에 퍼졌다. 군사들은 술렁이며 여합이 자신의 가족들을 모두 처단했다는 사실에 놀라워했다. 듣고 눈물 흘리는 자도 있었다. 망해 가는 나라에 살다 보니 가족조차 지키지 못하는 것, 그것이 그들의 슬픈 운명이었다.

이틀 뒤 대오가 결정되고 출정 명령이 떨어졌다. 계백은 5천의 결사대 앞에서 칼을 들고 외쳤다.

"나라의 운명이 벼랑 끝에 선 지금 살고자 하면 죽을 것이고 죽고자 하면 살 것이다. 우리가 신라군을 무찔러 낸다면 백성들과 가족들은 모두 평안하게 잠을 잘 것이요, 무너지게 되면 모두 적의 노비가 될 것이다. 그대들은 신라군이 백제를 짓밟고 우리의 백성들과 사랑하는 가족들을 노비로 만드는 걸 원하는가!"

"아닙니다!"

사비성이 떠나갈 정도로 그들은 고함을 질렀다. 그들의 목소리에는 피맺힌 절규가 들어 있었다.

"가자, 적들을 물리치러!"

가장 먼저 말에 오른 계백은 5천의 결사대를 이끌고 황산벌을 향해 진군했다. 그들은 죽음을 각오했다. 여합이 가족들을 처치하고 합류했다는 사실은 전율을 일으키는 것이었다.

황산벌로 가는 길 중간에 있는 사비성 안의 큰 기와집이 계백의 집이었다. 5천의 결사대가 황산벌을 향해 간다는 말을 듣고 군사의 가족들은 길가에 나와 자신들의 아버지이자 아들이자 남편인 가장들이 떠나는 것을 지켜보며 눈물을 지었다. 이제 가면 살아서 올지 죽어서 올지 알 수 없었기 때문이다.

"아이고! 아이고!"

"어흐흐흐흐!"

통곡 소리가 좌우에서 난무했다. 그러나 계백은 귀가

먼 사람처럼 동요 없이 앞만 보며 가고 있었다. 이윽고 계백의 집이 눈에 들어왔다. 언덕배기 남향에 자리 잡은 계백의 기와집은 그가 조상 대대로 살아오던 집이었다. 행렬이 황산벌을 향해 중단 없이 갈 동안 계백은 막료들에게 말했다.

"내 잠시 집에 다녀오마."

"장군, 용무가 있으시면 사람을 시키시지요."

"아니다, 내가 직접 처리할 일이 있다. 깜빡 잊고 안 가져온 나의 보검이 있느니라. 계속 진두지휘해라. 나는 따라가겠다."

몇몇 부하 장수들만 데리고 계백은 대열에서 벗어나 말을 달려 집을 향해 올라갔다. 집밖에 나와 내다보고 있던 종들이 무릎을 꿇고 땅바닥에 엎드렸다.

"장군!"

전쟁을 위해 나갔다 집에 돌아온 것은 수개월 만이었다.

"마님과 서방님들이 기다리고 계십니다."

계백은 말을 탄 채 대문으로 들어가 내당 앞까지 들이닥쳤다. 말소리에 황급히 나온 아내와 첩들은 모두 대청마루에 꿇어 엎드렸다. 오랜만에 돌아온 집안의 가장이었으나 그들은 섣불리 말도 걸지 못했다.

"아이들은 어디 있느냐?"

계백이 말에서 내리면서 물었다. 그가 움직일 때마다 갑옷에 매단 쇳조각들이 철커덕거리며 소리를 냈다.

"마지막으로 모두의 얼굴을 보고 가겠다!"

계백의 본부인과 첩이 서둘러 아이들을 모두 불러 모았다. 대청마루 위에는 10여 명의 가족들이 꿇어앉았다. 대청마루 아래에 선 계백은 비장한 각오로 말했다.

"나는 이제 오천 결사대를 이끌고 신라군을 맞아 싸우러 나간다."

계백의 가족들은 모두 이를 악물었다. 이제 그가 나가면 살아 돌아오기 힘들다는 것을 알기 때문이다.

"이 전쟁에서 우리는 이기기 힘들 것이다. 내가 나가 죽게 되면 너희들은 분명 적군 대장의 아내와 자식이라는 이유만으로 노비가 되어 끌려갈 것이다."

"으흐흐흑!"

첩이 눈물을 흘리며 흐느꼈다.

"적들의 노리개가 되겠느냐, 내 손에 죽겠느냐?"

청천벽력 같은 소리였다. 계백에게는 아직 젖먹이 어린아이도 있었기 때문이다. 그때 본부인이 말했다.

"나으리, 나라가 망한 마당에 노비와 노리개로 어찌 살겠습니까. 차고 계신 그 검으로 저희들의 목을 쳐 주십시오. 계백의 지어미로서 명예롭게 죽겠습니다."

계백은 의연히 고개를 끄덕였다. 그의 관자놀이는 지끈 지끈 움직이고 있었다. 이를 악물고 있었기 때문이다.

"미안하다, 이것은 나의 뜻이 아니다!"

계백은 차고 있던 칼을 뽑았다. 그러자 옆에 있던 부하 장수들이 무릎을 꿇고 매달렸다.

"장군, 굳이 이러실 필요까지는⋯⋯."

"놔라, 내 가족들이 굴욕을 겪느니 내가 먼저 죽이는 것 이 살길이다."

계백은 단박에 대청 위로 올라섰다. 그리고는 잠시도 망설이지 않고 칼을 휘둘러 아내의 목을 단칼에 날렸다. 그리고 떨고 있는 아들과 딸들을 바라본 뒤 잠시 마음이 흐려지려는 것을 참으며 눈을 질끈 감고 첩과 자식들의 목도 차례로 쳤다. 그는 미친 사람이 되어 버린 것이다. 순식간에 대청마루에는 피가 강물처럼 흘렀고, 지켜보다 못한 부하 장수들은 고개를 숙였다. 뿜어져 나온 피가 벽 과 천장에 튀었고 계백의 갑옷도 온통 피칠갑이 되었다. 한숨을 몰아쉬고 돌아선 계백은 눈에서 흐르는 뜨거운 눈물을 닦을 생각도 하지 않았다. 얼굴에 묻은 핏방울이 눈물에 섞여 턱으로 흘러내렸다. 그는 목에 걸었던 수건 으로 얼굴을 닦은 뒤 뒤도 돌아보지 않았다.

"가자!"

갑옷에 피를 묻힌 채로 계백은 백마에 올랐다. 말은 펄쩍 뛰어오르더니 다시 대문 밖으로 돌아 나섰다. 이를 지켜보던 종들이 모두 통곡을 했다.

"나리, 저희도 죽여 주십시오. 저희도 죽여 주십시오!"

계백은 뒤도 돌아보지 않고 말을 달려 저만치 앞서 사라져 가고 있는 행렬로 향했다. 부하 장수들도 그 뒤를 따랐다. 아직도 무더위가 가시지 않은 계백의 집에서는 피비린내가 코를 찔렀다. 마을 사람들은 모두 놀라 얼어붙었다. 대열에 합류한 계백의 갑옷에 피가 묻어 있는 것을 보고 부하 장수들은 더 이상 입을 열지 못했다. 계백의 결기가 어떤 일을 했을지 짐작이 가능했기 때문이다.

"자, 장군!"

"무엇들 하느냐, 어서 가자!"

계백의 눈에서는 피눈물이 흘렀다. 따라온 부하 장수들이 눈치를 주며 말했다.

"장군께서 식솔들을 모두 다 직접 처단하셨어!"

"이럴 수가!"

모두 다 이를 부드득 갈았다. 용장 밑에 비겁한 졸병은 없는 법이었다. 이 소문은 금세 5천 명의 결사대에 퍼져 나갔다.

"계백 장군이 가족들을 모두 죽였대!"

"정말이야?"

"어린아이까지 모두 목을 베었다는구먼!"

그 이야기를 들은 결사대들은 온몸에 소름이 돋았다.

"나도 가서 싸우다 죽고 말겠어!"

"신라 놈들을 하나라도 더 죽이겠어!"

계백의 그러한 행동은 이미 싸우기도 전에 결사대의 사기를 진작시키는 것이었다. 해 지는 사비성을 뒤로 붉게 물든 노을빛을 받으며 결사대는 황산벌을 향해 달려 나갔다. 그들이 가진 가장 강력한 무기는 죽음을 두려워하지 않는 용기였고 계백의 목숨을 건 구국 의지였다.

끝맺음 자막은 한참을 올라갔다. 드라마를 보던 황일범은 피식 웃었다. 리모컨으로 텔레비전을 끄고 돌아서 그는 조용히 중얼거렸다.

"탐미적으로 드라마를 만들었군!"

턴테이블에 황일범이 스메타나의 교향시 〈나의 조국〉 가운데 '몰다우' LP를 걸었다. 프라하 음악제에서는 항상 스메타나의 〈나의 조국〉이 개막 음악으로 늘 연주되곤 했었다. 여섯 개의 악장으로 구상된 〈나의 조국〉 가운데 가장 많이 연주되고 흔하게 알려진 두 번째 곡 몰다우 강이었다. 음악이 황일범의 어거스트 홀을 가득 채우고 바야흐로 소리의 향연을 펼칠 때였다. 현관의 초인종이 울렸다. 황일범은 안락의자에서 몸을 일으켜 현관으로 나아갔다. 그가 기거하는 이곳 어거스트 홀은 용인의 단독주택 택지지구에 있는 근린시설 상가의 지하였다. 50여 평이나 되는 꽤나 큰 홀을 그는 혼자 쓰고 있었다. 젊었을 때부터 모았던 수천수만 장의 음반과 책, 그리고 각종 영상 자료들로 그의 작업실은 점점 좁아지고 있었다. 사람들 평에 의하면 좋아하는 것으로 인해 자신의 운신의 폭이 좁아진다는 역설의 표현이기도 했다. 대학 시절에 밥을 굶으며 청계천에서 사서 모았던 낡은 LP판들과 함께 CD까지 홀의 중앙에는 수천만 원짜리 오디오 세트가 자리를 잡고 있었다. 문을 열고 밖을 내다보자 단정한 옷차림의 여인이 서 있었고, 그 옆에는 그의 오랜 지인인 김인문이 웃음으로 인사를 건넸다. 그는 방송국 프리랜서 아나운서였다.

"어이, 황 선생."

"어서 들어와."

두 사람은 비에 젖은 우산을 현관의 우산 통에 꽂고 실내화로 갈아 신은 뒤 황일범이 이끄는 대로 홀의 한가운데로 자리 잡고 앉았다. 여인은 신기한 듯 어거스트 홀의 실내를 훑어보았다.

"인사해, 이쪽이 내가 전에 말씀드렸던 후미코 씨."

홀 한가운데 소파에 자리 잡은 김인문이 소개를 했다.

"안녕하세요."

후미코는 유창한 한국말로 인사를 했다. 황일범을 보고 뭔가 놀란 눈치였다.

"잘 부탁드립니다."

후미코는 하의실종 패션으로 짧은 핫팬츠를 입고 위에는 정장을 걸쳤다. 그리고는 요즘 젊은 여자들이 신는 것과 같은 레인부츠를 매치해 막 패션 화보에서 튀어나온 느낌이었다. 김인문은 말을 이었다.

"전에 얘기했지, 일본에 있는 잡지사 기자분……."

"응."

황일범은 마뜩치 않은 반응을 보였다. 사실 그는 각종 일간지나 월간지, 혹은 방송 등에 출연해서 매체 기자들과는 친숙한 입장이었다. 하지만 일본 기자가 자기의 작업실까지 찾아온다는 건 흔한 일이 아니었다.

일주일 전 김인문은 그에게 전화를 걸어왔다. 특유의 미성으로 사근사근하게 부탁을 했다.

"이봐, 일본에서 연예 기자 한 사람이 한국으로 취재를 온다는데 협조 좀 해 줘."

"왜 내가 그걸 협조해야 돼?"

"원래 내가 해야 되는데…… 아, 당신을 꼭 찍어서 해 달래는 거야."

"내가 뭘 협조할 수 있다는 거지?"

황일범이 뜨뜻미지근한 반응을 보이자 김인문은 말했다.

"나도 잘 몰라. 그런데 말야, 보수도 두둑이 준다고 하더라구."

돈은 인간의 오랜 친구였다. 이곳 어거스트 홀의 임대료도 내야 하고 아내와 아이들에게 생활비도 보내야 하는 입장에서 한 푼이 아쉬웠다. 출판 산업이 서서히 사양 산업이 되어 가고 있고 각종 문화산업이 활성화가 되지 않는 요즘 전업 문화평론가인 황일범이 생계 수단을 마련한다는 것이 결코 쉬운 일은 아니었다. 그것이 어쩌면 이 만남이 이루어진 가장 기본적인 이유라면 이유였다.

어거스트 홀

"사실 말이야, 내가 지금 좀 바빠서 지금 또 어디 가 봐
야 돼. 그래서 미안하지만 두 사람이 좀 얘기하시라
고…… 후미코 씨가 어려서 한국 생활을 몇 년 하셨대.
한국어가 유창하니까 충분히 대화가 될 거야."

김인문은 이런저런 이야기로 분위기를 달구더니 엉덩
이를 소파에서 떼며 말했다.

"아니, 이 사람! 소개해 준 사람이 바로 가 버린다고?"

"아, 미안해. 내가 나중에 술 한 잔 살게. 갑자기 방송국
에 일이 생겨서……."

김인문은 그렇게 오자마자 10여 분 만에 자리에서 빠져
나갔다.

음악은 계속 실내를 감돌고 있었다. 김인문이 나간 뒤

문을 잠그고 돌아와 자리에 앉은 황일범은 이제 식어 버린 커피 잔을 손으로 만지며 후미코를 바라보았다. 적당한 웨이브에 긴 머리를 하고 있는 여자의 얼굴은 슬픔이 배어 있는 묘한 얼굴이었다. 일본 여자 특유의 친절함이 얼굴에서 묻어나는 것 같았지만 그 안에는 말 못할 슬픔이 내재되어 있다는 사실을 그는 본능적으로 알았다. 그것은 1년 넘게 보지 못한 아내에게서도 풍겨져 나오는 그러한 분위기였기 때문이다.

"이게 무슨 곡입니까?"

후미코가 조심스럽게 물었다.

"아, 네. 몰다웁니다. 스메타나의 곡이죠."

"어떤 내용이죠?"

"음, 십육 세기 이래 오스트리아의 식민지 아래에서 체코 국민들이 신음하고 있을 때 용기를 주고 체코인임을 자랑스럽게 여기라고 만든 곡이지요. 그리고 또 민족자결주의운동에 적극적으로 참가하라고 부르짖는 목적성이 강한 곡입니다."

"아, 네. 많이 들었는데 곡명은 몰랐네요."

후미코가 의미심장한 얼굴로 고개를 끄덕였다.

"그렇죠, 한국 사람들은 좋아합니다. 요즘같이 우울한 장마철에 이 곡을 들으면 빗물이 개천물이 되고 개천이

다시 강물이 되어서 유장하게 다시 바다로 흘러가는 느낌을 받을 수 있죠."

"아, 정말 그런 것 같습니다."

후미코는 본론으로 쉽게 들어가지 못하는 것이었다. 황일범이 먼저 물꼬를 트는 수밖에 없었다.

"어쩐 일로 오셨죠?"

"아, 말씀 들으셨겠지만 제가 이번에 사실은 한류 취재를 하려고 왔어요."

"한류요?"

황일범도 한류에 대해서 방송이나 신문에서 원고나 기사를 쓴 적이 있었다. 명색이 문화평론가이니 현상을 자세히 살필 수밖에 없었던 그는 한류에 대한 입장을 아이러니로 정리했던 적이 있었다.

"그때 조산일보에 쓰신 글을 감명 깊게 봤습니다. 한류에 대해서 아주 정확하게 짚으셨더군요."

한류의 원인과 근본이 어디 있냐는 조산일보의 원고청탁을 받고 황일범은 한동안 고사했다. 하지만 기자는 집요하게 매달리더니 결국 황일범이 그 신문 신춘문예에 평론으로 등단한 사실까지 들먹였다. 할 수 없이 황일범은 자기 마음대로 써도 좋다는 허락을 받고 한류가 지독한 아이러니에서 출발했다는 주제의 칼럼을 게재한 적이 있었다.

　한류는 지독한 아이러니에서 출발했다. 사실 한국의 음반 시장이 활성화되고 문화예술이 활성화되었다면 한국의 아티스트들은 해외로 나갈 생각은 하지 않았을 것이다. 한국 내 시장이 갈수록 위축되고 불법 다운로드가 인터넷 IT 문화의 발전에 의해서 급속도로 증가하니 결국 이대로 가다가는 가수들이 밥을 굶을 수밖에 없는 상황이 벌어졌고 자구책을 마련하기 위한 연예 기획사들과 가수 혹은 관련자들의 활로 개척이 바로 한류인 셈이다. 해외로 먹을거리를 향해 찾아 나가는 것은 산업화의 논리만으로 설명될 수 있는 것은 아니다. 어찌 보면 이건 한국인 유전자의 특성인지도 모른다. 과거 고구려의 유신인 고선지가 중국에 가서 명성을 떨치고, 왕인 박사나 담징이 일본에 가서 문화를 전파한 적이 있다. 어디 그뿐인가. 일제강점기에는 무장투쟁을 위해 만주 벌판에서 목숨 건 항쟁을 했고, 70년대에는 수출만이 살길이라며 자원과 경제력이 부족했던 우리가 전 세계를 향해 무역으로 전력투구하듯 한류 역시 국내시장에서 더 이상의 자원 확충이 되지 않고 판매가 활성화되지 않자 얻어 낸 결과라 하겠다.

　"그때 쓰신 칼럼 굉장히 설득력이 있었습니다."

후미코가 연신 훤하게 드러난 허벅지를 가리려고 애꿎은 재킷만 끌어다 덮으려 애쓰는 모습을 곁눈으로 바라보며 황일범은 미소 지었다. 어느 필자가 자신의 글을 읽고 감명 받았다는데 싫다고 할 것인가.

"아, 네. 별것도 아닌데요 뭐. 갑자기 우리 역사를 더듬어보고 싶어서 되지도 않은 말을 억지로 갖다 붙인 건데요."

"네, 지금 사실은 저희 회사에서는 한류를 굉장히 깊게 연구하고 있어요. 여러 스타들 가운데 특히 한얼 씨를 눈여겨보고 있습니다."

"한얼이라면……."

한얼은 지금 한류 열풍의 중심에 있는 젊은 연예인이었다. 수려한 외모와 늘씬한 키, 그리고 부드러운 목소리. 일본 여성들이 좋아할 만한 모든 요소를 갖추도록 키워낸 인물이라고 했다. 수많은 연예계 스타 가운데서도 발군인 청년이었다.

"네, 한얼 씨를 취재할 겁니다. 며칠 뒤 공연이 지방에서 있거든요. 사실 저희 회사에서는 지금 한류를 완전히 새롭게 해석하고 후속 사업에 투자할 생각이에요."

"어떻게 하시겠다는 건가요?"

"한두 가지 시안이긴 한데요. 일단 잡지 같은 경우를 예로 들어 보겠습니다. 기존에 한류 잡지는 많이 있었습니

다. 하지만 그 한류 잡지라는 것이 보다시피 이런 수준이
에요."

후미코는 곁에 두었던 숄더백에서 몇 권의 잡지를 꺼냈
다. 얼핏 훑어봐도 한류 연예인들은 거의 총망라되어 있
는 느낌이었다. 하지만 사진의 품질은 조악하기 이를 데
없었다. 여러 번 카피를 뜬 거친 사진이었는데도 그들은
한류 중심에 있는 연예인들에게 이렇게 열광하고 있는
것이었다.

"대단합니다. 이런 잡지가 팔립니까, 일본에서?"

"네, 제법 팔려요."

"이런 사진, 저작권료는 지불 다 했나 모르겠어요?"

"아마, 안 했을 겁니다. 하지만 이런 잡지들조차 팔리니
한류가 얼마나 놀라운지 알 수 있습니다. 그래서 저희 그
룹에서는 보다 핫한 정보를 얻고 싶어 합니다. 예를 들면
저희는 잡지를 주인공 이름으로 갈 생각입니다."

"네?"

"예를 들면 지금 한얼 씨 같은 경우는 아예 한얼이라는
잡지를 만들어서 매 분기별로 그 사람의 활동 상황을 소
개하는 겁니다."

"음……."

황일범은 적이 놀랐다. 일본의 출판 시장이 크다는 것

은 알았지만 아예 한류 스타 한 사람 한 사람을 잡지로 만들어서 그들의 일거수일투족을 콘텐츠로 구성한다는 것은 놀라운 아이디어였기 때문이다.

"시장성이 있을까요?"

"충분히 가능합니다. 한류 스타들은 수십만 명의 팬을 가지고 있기 때문에 십분의 일만 잡지를 사 본다 해도 채산성이 있지요."

"대단합니다. 그런 건 우리 한국에서는 상상도 못할 일이에요."

"그래서 제가 이번에 월드 스타인 한얼 씨를 중심으로 상업성이 있는지를 살펴보러 왔습니다. 그러려면 아무래도 한국 최고의 문화평론가이신 황일범 씨의 도움이 필요합니다."

황일범은 약간 당황스러웠다.

"제가 그 정도가 될지 모르겠습니다."

"아닙니다, 충분히 가능하시구요. 잘 부탁드리겠습니다."

그녀는 갑자기 고개를 푹 숙이며 정식으로 인사를 하는 거였다.

"아니, 뭐 부탁드릴 것까지야, 하여간……."

"제가 듣기론 선생님 고향이 부여라고 들었습니다. 한

얼도 역시 같은 고향…….”

“예, 한얼이도 부여 사람이라고 하더군요.”

“사실 한얼의 공연이 이번에 고향에서 이뤄집니다. 금
의환향(錦衣還鄕)인 셈이구요. 아마 일본에서도 많은 사
람들이 올 겁니다. 그래서 부여와 충청도 일대를 돌면서
기사를 쓸 때 황 선생님의 조언을 받고 싶습니다.”

다시 한 번 후미코는 정중하게 인사를 했다. 옷만 기모
노로 바꿔 입혔으면 게이샤의 모습 바로 그것이었다.

“아, 네. 뭐 저야 아까 김 선생 소개도 있고 해서 도와드
릴 수밖에 없는데…….”

“감사합니다, 감사합니다.”

그녀는 일본인 특유의 높은 하이 톤으로 감사의 인사를
날리는 거였다. 그리고는 자신의 취재 일정표를 보여 주
며 구체적으로 언제 취재 여행을 갈 것인지 스케줄을 정
했다. 그리고 이내 자신이 이번에 황일범을 만나러 온 목
적이 달성되었다고 생각했는지 이것저것 물었다.

“이 작업실은 혼자 쓰십니까?”

“네, 제가 혼자 쓰고 있어요.”

벽면 하나 가득 있는 수만 장의 LP와 CD플레이어 그리
고 또 다른 쪽 벽을 차지하고 있는 수천 권의 책들을 보
며 그녀는 탄성을 질렀다.

"아, 이 음반들 다 들으셨습니까?"

"하하, 상당수 듣긴 했는데 여기 있는 음반은 이번 달에 들을 거구요. 이만큼은 또 다음 달에 듣기 위해 준비하고 있습니다."

"정말이십니까?"

후미코는 깜짝 놀라 눈을 동그랗게 떴다.

"농담입니다, 농담. 움베르토 에코가 그랬다죠. 서재에 있는 책들을 보고 사람들이 이걸 다 읽었냐고 물어보면 그런 식으로 대답을 했답니다."

"아, 깜짝 놀랐습니다. 호호호!"

후미코가 입을 가리고 웃었다. 그녀가 웃는 모습을 보자 황일범은 왠지 미워할 수 없는 일본 여자라는 생각이 들었다.

"이름이 왜 어거스트 홀입니까?"

"아, 네. 제가 8월생이거든요, 공교롭게도 8월 15일이 제 생일입니다. 한국에서는 광복절이라고 기뻐하는데 일본에서는 아마 그날이 굉장히 슬픈 날이지요?"

"아, 불행하게도 그렇습니다."

"네, 8·15 하면 한국은 해방을 떠올리는데……."

"아, 저희는 핵무기나 방사능이 떠오릅니다."

"그렇죠, 피해자 입장이라고 생각하시니까."

"안타깝게도 핵폭탄으로 8월 15일 날 대동아전쟁이 끝났기 때문에 저희들은 8월 15일 하면 핵무기의 그 잔인함 혹은 저희들이 당한 피해를 떠올리지요."

황일범은 더 할 말이 있었지만 입을 다물었다.

"그래서 이곳 이름이 어거스트 홀입니까?"

"네."

"저, 조그만 방도 작업실인가요?"

홀 한쪽에 세 평 정도의 공간이 있었다.

"아, 네 거기는 제 개인적인……."

"아, 죄송합니다."

사실 그 안에는 침구가 있어 그가 생활할 수 있는 살림방이었다. 분당의 오피스텔에 처음에 마련했던 작업실에서 이렇게 건물 지하를 통째로 얻어 이사를 온 것이 작년이었다. 이름은 8월의 홀이라고 해서 어거스트 홀이라고 지었고 그가 좋아하는 마란쯔 오디오를 세팅하고 대형 텔레비전 화면과 함께 문화를 즐길 수 있는 모든 것을 겸비해 놓고 나서는 당분간 이곳에서 작업을 할 생각이었다.

"식사는 어떻게 하십니까?"

후미코가 물었다.

"아, 가까운 곳에 나가서 사 먹기도 하지요."

"괜찮으시면 제가 식사를 대접하고 싶습니다."

시계를 보니 어느새 저녁 7시가 되어 가고 있었다. 창밖으로는 빗물이 떨어지는 게 보였다. 긴긴 장마는 여느때보다도 더 많은 비를 내리며 그치지 않고 이어지고 있었기 때문이다.

"그럼, 나가실까요. 일본 사람들 막걸리 좋아하는데 막걸리 괜찮으세요?"

"아, 막걸리 좋아합니다."

"좋습니다, 그럼 가시죠. 제가 자주 가는 국밥집이 있으니까."

황일범과 후미코는 각자 우산을 받쳐 들고 건물 지하에서 올라왔다. 비는 치적치적 계속 내리고 있었다. 두 사람은 바쁠 것 없다는 걸음걸이로 황일범이 자주 가는 국밥집으로 들어갔다. 날씨 때문인지 한쪽 구석의 전 부치는 부스에서는 연신 녹두전을 지져 내고 있었다. 녹두전과 국밥을 시키고 막걸리를 가운데 놓고 두 사람은 마주앉았다. 반주를 겸해 막걸리를 홀짝홀짝 마시는 후미코는 굉장히 행복한 표정이었다.

"막걸리는 정말 훌륭합니다. 역시 한국에 와서 먹는 막걸리가 제맛인 것 같아요."

"우리나라 사람들은 참 웃기는 게 그동안 막걸리를 잘

안 먹었거든요? 그러다가 일본 사람들이 그렇게 좋아해서 막걸리 마니아가 생긴다는 말을 듣더니 너도 나도 먹기 시작해서 지금은 한국 사람들도 막걸리를 많이 마십니다."

"아, 네. 그렇군요. 좋은 일입니다."

"글쎄요, 뭐 좋은 일이라고 할 수 있을진 모르겠는데 제가 볼 때는 비루한 짓이죠."

"네? 왜 비루하다고 하십니까?"

"우리 것을 소중히 여기지 못하다가 남들이 좋다고 그러니까 그제야 아, 우리 것이 이렇게 좋았나 이러면서 먹는 게 비루한 짓이 아니고 뭡니까. 옛날에 이박사라는 대중가수가 있었는데 그 사람은 그전까지는 관광버스에서나 인기 있는 사람이었는데 일본 사람들이 관광버스에서 그 사람의 노래 실력을 듣고 일본으로 초청을 하고 유명하다고 하니까 잠시 한국에서도 반짝하고 뜬 적이 있었어요."

"아, 네."

"그러더니 결국은 조금 관심을 기울이다가 다시 또 잊는 거지요."

"너무 한국 사람들에 대해서 스스로 비하하시는 것 아닙니까?"

"자기 비하라기보다 있는 그대로 얘기할 뿐이에요. 우리 것을 소중히 여기지 못하고 자존감이 부족하다 보니 그런 일들이 벌어지는 거지요."

막걸리가 한 순배 두 순배 돌자 후미코도 볼에 홍조를 띄었다. 야금야금 마시는 술 실력이 제법이었다. 어느새 그들 앞에는 빈 막걸리 병이 세 개째 줄을 서고 있었다.

"저는 한국 역사에 관심이 많습니다. 특히 백제 역사에 관심이 많아요."

"백제라고요?"

황일범은 대학에서 석사와 박사를 마친 자신의 과거 이력이 떠올랐다. 박사학위를 마친 그는 사학과에서 시간강사까지 했었던 경력이 있는 사람이었다.

"특히 백제에서도 저는 계백 장군에 대해서 관심이 많습니다."

황일범은 당황하지 않을 수 없었다. 자신의 논문이 백제사연구였고, 거기에서 계백에 대해서 언급을 했었던 기억이 났기 때문이다.

"계백은 뛰어난 장수 아니었습니까?"

"역사 기록에 그렇게 되어 있지요."

"계씨들이 지금 있습니까, 한국에?"

"없는 걸로 알고 있어요. 일본에 가 있는 계은숙 씨의 그 계씨는 다른 계씨거든요."

"아, 계은숙 상 저도 압니다. 그러면 역사를 전공하신 황 선생님은 백제랑 계백을 어떻게 보십니까?"

"글쎄요, 요즘하고 워낙 떨어진 고대라서 지금의 시선으로 삼국시대를 볼 수는 없다고 생각합니다."

"아, 그렇습니까?"

"일본도 마찬가지 아닙니까. 옛날 일본의 문화라든가 일본의 고대사의 모습은 이해하기가 쉽지 않지요."

"맞습니다."

"이웃 나라 사이인데도 우리가 이해하지 못하잖습니까. 최근까지 일본은 사촌 간도 결혼했었잖아요?"

"아, 그런 적이 있었습니다."

"근데, 우리는 조선시대부터 안 됐었거든요. 그런 거나 마찬가지여서 글쎄, 삼국시대 세계관과 그 사람들의 세계관은 우리하고는 전혀 다른 별개의 인종이라고 생각해야 되는 게 아닌가 싶어요."

"계백도 그랬을까요?"

"계백도 아마 그랬을 겁니다. 그 뿌리는 아마 북쪽에서 내려온 기마민족이었을 거구요. 제가 볼 때는 오늘날 우리가 생각하는 그러한 인식 수준으로는 계백을 판단할 수 없을 것 같아요."

술기운이 돌면서 황일범은 아련하게 자신이 석사 논문을 쓰며 계백에 대해 공부했던 깊은 과거의 추억으로 돌아갔다.

산속의 청년들

　한반도 중앙에 있는 덕유산은 남쪽으로는 가야산과 연결된 깊은 계곡과 높은 능선을 자랑하는 명산이었다. 이 깊은 산속에 흐르는 작은 지류들이 만들어 내는 폭포들은 늘 수량이 풍부해 사철 물 흐름이 그치지 않고 있었다. 춘삼월, 이제 얼음 녹은 물이 수량을 더하면서 본격적으로 쏟아져 내리는 폭포 언저리에 발만 담가도 발목이 끊어질 것 같은 차가운 물을 뚫고 한 청년이 폭포 중앙을 향해 다가섰다. 실오라기 하나 걸치지 않은 그의 몸은 온통 근육들로 불거져 있었다. 산발한 머리를 풀어 물에 적신 그는 살을 에는 듯이 쏟아져 내려오는 폭포 물 아래에 가부좌를 틀고 앉았다. 떨어지는 물방울 하나하나는 그야말로 날카로운 비수처럼 그의 온몸에 꽂혔다.

하지만 청년은 단전에 힘을 모으고 깊은 호흡에 들어가기 시작했다. 오감을 떨쳐 내고 그는 맑은 정신의 모습을 분리시켜 또 다른 자아가 폭포의 물을 맞으며 무념무상의 단계로 빠져 들어가는 것을 지켜보는 단계까지 도달했다. 더 이상 폭포 물의 타격과 차가운 온도는 그의 상념을 방해하는 존재가 아니었다. 그 상태로 그는 자신의 영을 구만 리 장천을 떠돌아다니게 했다. 다른 사람이 그를 발견하면 앉은 채로 숨을 거두고, 맥도 뛰지 않는 사람에 불과했다. 하루 종일 산과 들을 쏘다니며 무예를 닦고 금단과 은단을 빚어 먹은 몸을 이렇게 식혀 주지 않으면 그의 몸에서 뻗쳐 나오는 열기는 그를 파괴시키고 말거였다.

얼마나 시간이 흘렀을까. 맥이 뛰지 않는 온몸은 얼음장처럼 차가와지고 뜨겁게 달아올랐던 신선단의 열기가 가라앉을 무렵 그의 몸에서 나와 선계를 돌다 온 영은 다시 비좁은 육체 안으로 들어갔다. 맥이 돌고 뜨거운 기운이 온몸을 감싸 돌았다. 숲속에서 누군가 자신을 지켜보는 것을 영이 되어 떠돌 때 이미 본 그는 다리를 펴고 일어서 식은 몸을 움직여 폭포에서 빠져나왔다. 바윗돌에 되는대로 널어 둔 옷을 걸친 뒤 그는 급할 것 없는 걸음으로 물가로 나왔다. 자신을 관찰하는 자들이 몇 명이며

어디에 있다는 것까지 알고 있어 그는 계곡 아래로 걸어
내려가다 불현듯 나무숲 사이로 몸을 숨겼다. 계곡에는
요란한 폭포 소리만 가득했다.

잠시 후 숲에서 나온 자는 모자에 깃털을 꽂은 청년이
었다.

"나와 봐!"

그의 신호에 숲속에서 다른 청년들이 고개를 내밀었다.
자신들끼리 얼굴을 마주보며 물었다.

"신선이 아닐까?"

"그러게, 저 차가운 물을 맞는 걸 보면 신선이 분명해!"

몇몇 청년들은 물가로 내려가 물에 손을 담갔다.

"어휴, 차가워. 손도 못 담그겠어!"

그들은 신라의 화랑들이었다. 산천경개(山川景槪)를
넘나들며 명승지에서 체력과 심신을 연마하는 그들은 세
속오계(世俗五戒)를 실천하는 자들이었다. 맨 앞에서 제
일 처음 청년을 발견한 자는 정체불명의 그 사내가 궁금
했다.

"폭포를 맞기는 힘들고, 우리는 몸이나 씻자고!"

그들 역시도 깊은 산속에서 무예를 수련하고 와서인지
온몸이 땀으로 흥건했다. 벌거벗은 그들이 차가운 물에
서 정신을 모으려고 했지만 뼈를 에일 듯 시려 아까 그

청년은 어떻게 저 폭포 물을 맞았는지 상상도 되지 않았다.

"어이구, 추워. 어유, 못 견디겠어!"

잠시도 지나지 않아 청년 화랑들은 허둥지둥 물가로 나왔다. 하지만 그들은 이내 사색이 되었다. 바위에 얹어두었던 자신들의 옷이 사라진 것을 알았기 때문이다.

"무슨 일이야?"

뒤늦게 물에서 나온 청년이 물었다.

"오, 옷이 없어졌어!"

수북히 쌓여 있던 옷이 감쪽같이 사라졌다. 사방을 둘러봐도 인기척은 없이 차가운 산바람만 불어오고 물에 젖은 몸은 바로 칼바람에 맞아 이빨이 맞부딪치도록 떨려 왔다. 봄날이라곤 하지만 아직도 계곡의 바람은 매서웠다. 정신없이 흩어져 옷을 찾을 때 숲속에서 모습을 나타낸 것은 아까 폭포 물을 맞던 그 청년이었다.

"이것을 찾느냐?"

"아니, 저자가……."

그는 품에 안고 있던 옷들을 땅바닥에 내려놓고 저만치 물러섰다. 황급히 시커먼 국부를 내놓고 달려간 화랑들은 되는대로 부끄러움을 가리며 물었다.

"네, 네놈은 누구냐?"

"하하하하, 보아하니 너희들은 신라에서 온 화랑들이 구나!"

그는 호탕하게 웃었다. 분기탱천한 화랑들은 곁에 둔 무기를 집어 들었다. 옷은 벗어도 무기는 항상 손 닿는 곳에 놓도록 되어 있는 것이 그들의 수칙이었기 때문이다. 칼을 들고 우루루 달려들려 하자 청년은 오른손을 들어 그들을 제지시켰다. 그 단호한 태도는 아무리 화가 나고 분이 치솟아도 범접할 수 없는 것이었다.

"나는 너희들과 싸울 마음이 없다."

"우리가 그대를 해코지한 바 없거늘 어찌 이런 험악한 장난을 하는 겐가?"

"남의 수련장에 와서 무도하게 몸을 씻는 것을 훔쳐본 뻔뻔함을 부끄럽게 해 주려 했을 뿐이다."

이렇다 하게 적의를 내보이지 않는 그 사내를 보자 화랑들도 살생유택(殺生有擇)이라는 세속오계의 가르침을 생각하며 옷매무새를 가다듬은 뒤 그와 정색하고 마주 섰다.

"우리들은 신라의 화랑들이다. 그대는 누구인가?"

"나는 백제 사람 계백이라고 한다."

낭도들의 우두머리가 나서 읍하고 말했다.

"내 이름은 품일(品日)이오. 실례가 되지 않는다면 낭도들을 소개하겠소."

그는 함께 온 화랑들의 이름을 차례로 소개했다. 소개
가 끝나자 계백은 물었다.

"듣자 하니 화랑들은 신라 귀족의 자제들이라고 하는
데 어찌하여 수행하는 종들이 없느냐?"

"수행하는 종들은 저 고개 너머에 있소. 우리는 깊은 산
속에서 체력을 연마하러 왔다가 마침 폭포를 발견하고
몸이나 씻을까 왔던 것이오."

"남이 수련하는 것을 훔쳐보는 것은 예의에 어긋난 행
동이 아니오. 그에 대한 사과는 아직 못 받은 것 같은
데……."

품일은 할 말이 없었다. 그건 귀족으로서나, 화랑으로서
나, 무도를 닦는 도반으로서의 예가 아니었기 때문이다.

"인정하오, 정중히 사과하겠소. 하지만 당신이 그 폭포
물을 맞으며 견디는 것을 보고 보통 무공을 가진 사람이
아니라는 생각에 감히 우리는 범접하지 못했을 뿐이오.
그 점 용서하기 바라오."

수려하게 생긴 품일은 정중하게 사과했다. 흰 옥색 피
부에 검은 숯검정 눈썹이 인상적인 청년이었다. 계백은
그 용모에 감동하여 역시 웃으며 대답했다.

"그 사과를 받아들이겠소."

통성명을 하고 나서 그들은 너럭바위 위에 편하게 마주 앉았다.

"그대들은 어쩐 일로 이곳 덕유산까지 들어왔소?"

"알다시피 우리 화랑들은 전국의 산천경개를 다니며 심신을 닦고 수련을 하는 자들이오. 이번 한철은 이 산기슭에서 수련코자 왔던 것이오. 혹시라도 당신이 무예를 연마하는데 우리가 방해가 되었다면 용서하시오. 원치 않는다면 우리는 더 이상 이곳을 침범하지 않겠소."

계백은 호탕하게 웃었다.

"으하하하, 나 역시 산천경개를 다니며 무예를 닦는 사람으로서 어찌 다른 사람의 수련을 막겠소. 언제든지 이곳을 사용해도 좋소. 나는 이곳 서쪽 고개 너머에 움막을 짓고 지금 두 해째 무예를 연마하고 있소이다."

품일와 계백은 서로 통성명을 하고 나이를 물어보았더니 공교롭게도 두 사람의 나이는 동갑인 스무 살이었다. 그들은 비록 신라와 백제라는 다른 지역 출신이었지만 이렇게 중간지대에서 만난 셈이 되었다.

당시 신라와 백제의 관계는 썩 좋지 않았다. 두 나라는 강국 고구려를 머리에 이고 끊임없이 세력 다툼을 벌이고 있었다. 품일과 계백이 태어나기 2년 전인 618년 신라는 백제를 공격하여 가잠성(枷岑城)을 점령한 적이 있었다. 물론 그전에는 백제가 616년 신라의 무산성(武山城)을 공격해 빼앗기도 했었다. 이처럼 이들은 서로 치고받으며 어떻게든 세를 늘리려 하고 있었는데, 고구려에는 수(隋)나라가 이미 네 차례나 침략을 했다. 그것을 격퇴하는 을지문덕(乙支文德)의 살수대첩이 612년, 그들이 태어나기 8년 전에 벌어진 사건이었다. 백제는 부단히 신라를 공격하여 사실 국가 대 국가 개념으로 본다면 신라와 백제는 원수지간이나 다름이 없었다.

그러나 계백과 품일 같은 경우, 국가의 개념도 희박하고, 민족의 개념도 없던 시절 서로 이웃하여 지내고 산속에서 만나도 굳이 백제냐 신라냐를 놓고 싸우거나 다툴 일은 없었다. 특히 덕유산과 가야산 등은 다 산맥으로 연결된 곳이어서 산속에서 이처럼 무예를 닦는 자들은 흔히 서로 만나고 헤어지기를 일삼고 있었던 것이다.

예기치 않았던 폭포에서의 조우가 있은 뒤, 그 작은 폭포는 신라 화랑들의 수련장이 되었다. 계백이 내준 것이다. 그는 다른 곳에서 비밀리에 수련을 하며 가끔 목욕을 할 일이 있을 때는 이곳 폭포에 와서 몸을 씻고 조용히 돌아갈 뿐이었다.

하지만 화랑들은 뛰어난 무공을 가졌을 계백을 존경하는 마음을 품기도 했으며 그들끼리 모이면 이 사실을 매우 궁금해했다.

"그 백제인, 계백의 그 몸은 절대 훈련으로 만들어진 것이 아니오."

"그럼, 어떻게 했단 말이오."

"그는 분명히 신선의 법을 알고 있는 사람인 것 같소. 나이는 어리지만 그 근육과 그 몸놀림은 신선의 금단과 은단을 먹지 않고는 할 수 없는 일이오."

"우리 한 번 물어봅시다. 금단과 은단을 먹는지?"

그들은 계백이 나타나길 기다렸다. 이윽고 일주일 뒤에 계백이 다시 계곡에 모습을 드러냈을 때 화랑들은 정중히 그를 초청했다.

"저희 거처로 한 번 와 주시지요. 음식을 조촐하게 준비했습니다."

품일이 정중하게 나서서 이야기했다. 이미 그들의 사이는 친밀도가 높아져 계백으로서도 굳이 초청을 거부할 이유가 없었다. 계백이 머뭇거리자 화랑들은 다시 조아렸다.

"신라와 백제가 비록 사이가 나쁘다 하나 그것은 우두머리들 간의 일일뿐 우리 개개인들까지 그럴 일은 없지 않겠소?"

그 말도 맞는 말이었다. 계백은 휘적휘적 걸어서 그들

이 안내하는 대로 산 고개를 두어 개 넘어 제법 규모 있게 지어 놓은 막사 안으로 들어갔다. 이야길 해 놓아서인지 그곳에는 종들이 음식을 차려 놓고 있었고, 거칠게 거른 탁배기도 자리 잡고 있었다.

"초청에 감사히 응하겠소. 미리 말씀드리지만 나는 그대들을 내 움막에 초청할 수 없소. 내 수련의 모습은 남에게 보여 줄 만한 것이 못되기 때문이오."

"알고 있습니다. 화답을 바라고 한 것이 아니라 저희들이 수련을 할 수 있도록 허락해 준 것에 감사드리는 마음에서 모신 것입니다."

화랑들은 진정으로 계백을 존중하는 마음에서 두 손을 모았다. 이윽고 술판이 벌어졌다. 그들은 거나하게 술을 마시면서 이야기를 나누었다.

"귀공은 어느 지역 사람이시오."

"나는 부여에서도 동쪽 벌판인 황산벌이라는 곳에 집이 있소. 그곳에 있는 토호가 우리 아버님이시오. 아버님 함자는 석(碩)자를 쓰십니다."

계백의 아버지 계석, 그 집안은 백제의 개국공신이나 마찬가지였다. 멀리 부여에서부터 백제가 독립해 나와 이곳 남부여에 자리를 잡을 때까지 이어져 내려온 뿌리

깊은 집안이었다.

애초에 한강 남쪽에는 백제가 있었던 것이 아니라 진(辰)이 자리 잡고 있었다. 이들로서는 한강 남쪽의 터전이 평화롭게 터전을 잡고 살 만한 곳이었다. 하지만 둥치를 치면 가지가 울리는 법이었다. 기원전 108년 고조선이 멸망하면서 한반도에는 격변이 일어난다. 고조선의 유민들이 남으로 내려온 것이다. 그들은 오면서 몸만 온 것이 아니었다. 그들이 손에 들고 온 철기는 진을 크게 위협했다. 강한 고조선의 유민들에게 저항하기 위해 진은 각자 고립되어 마한, 변한, 진한의 소국 모둠이 되고 말았다. 한마디로 큰 강역을 유지할 능력이 되지 않았던 것이다. 이는 훗날 멸망의 전조였다. 이 가운데 가장 세력이 큰 것은 마한으로 오늘날 대전과 익산을 비롯해 경기도와 충청도, 전라도 일부 지역까지 세력을 떨쳤다.

김부식이 편찬한 『삼국사기』에는 기원전 18년 온조가 백제를 건국했다고 서술하고 있다. 사실 백제의 시조인 온조왕의 뿌리는 고구려였다. 주몽이 그 아버지였기 때문이다. 활 잘 쏘는 걸로 유명한 주몽이 북부여를 탈출해 도망쳐 자리 잡은 곳이 바로 졸본부여였다. 이웃나라에서 온 멋진 왕자를 본 왕은 당연히 그를 탐낼 수밖에 없었다. 자신에게 있는 딸 가운데 가장 영민한 둘째딸을 아내로 주었고, 얼마 후 왕이 죽자 사위인 주몽이 뒤를 이어 왕위에 올랐다. 이때 낳은 아들 둘이 바로 비류와 온조였다. 그들 역시 한 나라를 경영할 정도의 재능 있는 왕자들이었다.

하지만 세상의 이치는 그렇게 호락호락하지 않았다. 돌발 변수가 발생하니 그건 바로 주몽에게 과거가 있었다는 사실이다. 주몽이 북부여에 있을 때 아들이 하나 있었던 것이다. 부러진 칼을 들고 찾아왔다는 전설의 그 아들 유리가 주몽에게 오니 바로 태자 자리가 그의 것이 되었다.

"이대로 있다간 우리가 유리 형님의 등쌀에 버티지 못해!"

"그렇다고 그 밑으로 들어갈 수도 없는 노릇이고……."

결국 비류와 온조 형제는 아버지 주몽에게 분가를 요청했다. 주몽으로서는 사랑하는 아들들이 수하에서 떠나겠다는 것이 마음 아팠지만 남아서 형제지간에 피비린내 나는 살육전을 벌이는 것보다는 나았다. 이때 비류와 온조는 열 명의 신하와 함께 남쪽으로 내려왔다. 그때 그를 따른 신하 가운데 하나가 계백의 조상 계독이었다.

백성을 이끌고 남으로 내려온 비류와 온조는 드디어 삼각산에 올라 살 만한 곳을 찾은 뒤 방향을 나눠 잡았다.

"나는 바다 쪽이 좋겠다. 일단 먹을 것이 많지 않으냐!"

비류의 판단도 틀린 것은 아니었다. 바닷가가 국가 경영에는 유리한 점이 분명 많았기 때문이다. 물산도 풍부하고 바다를 통해 다른 나라와의 교역이 용이했기 때문이다. 그래서 잡은 방향이 오늘날의 인천인 미추홀이었다. 하지만 신하들은 그런 비류에게 반대했다.

"이 하남의 땅은 북으로 한수가 막아 주고, 동으로 높은 산에 의지했으며 남으로 기름진 들판, 서쪽으로 큰 바다가 있으니 적들의 침공도 쉽게 물리칠 수 있습니다. 이곳을 도읍으로 정하십시오."

그들은 이미 떠나온 고구려의 위협을 가정하고 있었다. 강을 방어진지로 쓰고자 했던 것이다. 이런 생각은 훗날까지도 이어져 멸망할 때 백강을 끼고 사비성을 도읍으로 정하는 데에까지 이어진다.

하지만 고집불통 비류는 자신의 생각대로 강행했다. 자신을 따르는 백성들을 이끌고 미추홀로 떠났다.

"그렇다면 이곳을 내가 도읍으로 정하겠다."

남은 온조는 하남 위례성에 도읍하고, 신하 열 명을 거느려 나라 이름도 십제(十濟)로 정했다. 이 십제 가운데한 성이 바로 계백의 집안이었다. 훗날 비류는 자신의 판단이 틀렸음을 알았다. 습한 토지와 염분이 많은 물 때문에 살 수 없게 된 백성들이 동요하고 비류는 자신의 선택을 후회하다 죽게 된다. 결국 자연스럽게 비류의 백성들은 위례성으로 돌아오게 되었고, 사람들이 늘어나니 국호 또한 십제로 계속 유지할 수가 없게 되었다. 결국 백제로 고쳐 부르게 된 건 바로 그때부터였다.

"어찌하여 귀공은 그토록 놀라운 무예를 쌓으신 것입니까?"

"사나이로서 나라를 지키고 영웅으로서의 기개를 떨치려면 무예를 쌓아야 하지 않겠소. 다행히 우리 집안은 무골 집안이라 그러한 전통과 역사가 있어 남들보다 조금 편리하게 나의 무예와 내공을 쌓았을 뿐이오."

"귀공은 저희들이 언뜻 보아도 내공이 대단한 분으로 알고 있습니다. 어찌 그러한 몸과 무예를 닦으셨는지 가르침을 주시면 감사하겠습니다."

"허허, 가르침을 줄 것은 별로 없소이다."

계백은 웃으며 말했다. 어쩌면 먼 훗날 전장에서 만날지도 모르는 이들 화랑들에게 자신의 모든 것을 있는 그대로 드러내야 할 필요는 없었기 때문이다. 품일이 물었다.

"가족들은 있습니까?"

"있소, 부모와 형제가 다 있소. 나는 아직 배필이 없소."

"가족들이 보고 싶으시겠습니다."

"나라가 어찌될지 알 수 없는 이때, 이 몸 무예와 기량을 닦는 수밖에 없지 않겠소이까. 그건 그대들 화랑도 마찬가지 아닙니까."

"그렇습니다. 저희도 세속오계를 통해서 언제든지 우리 신라를 위해 목숨 바칠 준비가 되어 있습니다."

숙연한 분위기가 감돌았다. 친밀한 사이에서도 정치적 입장이 달라지면 침묵이 감도는 법이었다.

훈훈한 산바람이 산들산들 불어오고 있었다. 어느새 그들이 만난 지도 두어 달이 지나 산에도 초록이 완연하고 녹음이 짙어 가고 있었다.

"자, 우리는 만에 하나 전장에서 만나더라도 정정당당하게 나라를 위해서 싸웁시다."

계백이 먼저 손을 들고 말했다. 미리 선을 긋는 것이었다.

"그러시지요. 지금 이 순간 우리는 무예인으로서 서로를 존중하며 즐거운 시간 보냈으면 합니다."

"그럽시다."

연회는 계속 이어졌다. 대작이 이어져 거나하게 취기가 돌자 화랑들은 궁금한 걸 다시금 계백에게 물었다.

"계공께서는 어떠한 수련 방법을 쓰시오."

계백은 웃으며 말했다.

"특별한 것은 없습니다. 다만 집안 대대로 선가의 비방을 쓰고 있습니다."

"거봐, 내 말이 맞지. 분명 신선의 도를 닦을 거라고 했잖아."

그 말을 듣자 다른 화랑이 물었다.

"외람되오나 그 이야기를 자세히 듣고 싶습니다."

"하하, 부끄러운 이야기입니다. 하지만 원하신다면 들려드리지 못할 바도 없지요."

계백은 그들에게 자신이 겪은 수련 내용을 이야기했다.

"인간의 몸과 기력이라는 것은 한계가 있습니다. 일상적으로 우리가 먹는 음식을 통해 기를 보할 수도 있지만 이 기력을 더욱더 강하게 하고 초월적인 힘을 가지려면 결국 선가의 비방인 금단이나 은단을 만들어 먹는 수밖에 없습니다."

"그게, 그 재료가 엄청나게 구하기 힘든 것이 아니겠습니까?"

"그렇소, 금단과 은단을 만드는 비방을 알기도 어렵거니와 그것을 알아내서 제조하는 것도 결코 쉬운 일은 아니오."

관심 있는 화랑들은 모두 눈에 불을 켜고 그의 이야기

를 들었다.

"하지만 관심을 가지고 열심히 재료를 모으다 보면 어느 순간 그것들을 얻게 되는 법이오."

"그러시면 귀공께서도 금단과 은단을 제작하여 드시는지요?"

"내, 가지고 있소."

품안에서 계백은 주머니를 열어 환약을 보여 주었다.

"오, 이것이 말로만 듣던……."

"하나씩 잡숴 보시오."

계백은 품안에 있는 금단을 하나씩 꺼내어 화랑들에게 나누어 주었다. 그들은 감격한 얼굴로 손바닥에 얹힌 환약을 쳐다보았다.

"지금 먹어선 안 되고 목욕재계한 뒤 몸의 잡기를 모두다 씻어 낸 뒤에 드셔야 하오."

"감사합니다, 고맙게 먹겠습니다."

계백은 금단과 은단의 재료를 구하기 위해 노력했던 이야기를 했다.

"어려운 재료가 제법 있소. 칠성장어를 구해서 고아야한다거나 혹은 쇠 가운데도 암쇠의 녹을 긁어야 한다는 것은 참 쉬운 일이 아니오."

"쇠가 암쇠와 수쇠가 있습니까?"

"그렇소, 대장장이에게 물어보면 알 수가 있는데 문제는 대부분은 수쇠이고 암쇠가 없다는 것이오. 암쇠는 옛날에 만든 농기구 등에 있는데 그것은 지금 다 무르고 연해서 아무도 쓰지 않으니 재료를 구할 수가 없는 것이오."

몇몇 화랑들은 금단과 은단 만드는 법을 알기 위해 옆에서 조용히 지필묵을 꺼내 쓰고 있었다.

"어린 시절은 어떠셨습니까."

계백은 자신의 집안 내력과 함께 이야기를 했다. 백제의 귀족 집안이었던 아버지 계석은 시대의 흐름을 잘 읽고 있었다. 대제국을 건설하고 있던 백제의 영화가 서서히 몰락해 가는 것을 피부로 느끼고 있었다. 그랬기에 가장 먼저 그가 왕에게 품했던 것은 바로 이런 전략이었다.

"백제가 비록 남쪽 바다와 북쪽 큰 땅의 일부를 영향권에 가지고 있긴 하나 이곳 부여와 이 너른 벌판을 기반으로 하는 우리의 삶이 흔들려서는 아니 되옵니다. 우리가 세력을 유지하고 외세로부터 이겨 내려면 눈엣가시인 신라를 쳐서 반드시 복속을 시켜야 합니다. 그런 연후에 당나라와 힘을 합쳐 고구려를 밀어 낸다면 우리는 이곳에서 기틀을 얻을 수 있고 천년만년 백제의 영향력을 행사할 수 있을 것입니다."

끊임없이 조정에 간하고 그는 자기 자신도 신념을 실행

하려 애쓰는 사람이었다. 그리하여 아들인 계백도 어려서부터 무예를 가르쳤고 그의 형제들 모두 다 문(文)보다는 무(武)에 치중하는 사람들이 되었다.

특히 기마술에 뛰어난 계백은 태어날 때부터 남들과 다르게 비범했다. 커다란 덩치와 함께 큰 힘을 가지고 있는 그는 주위 사람들이 꼬마 장사가 났다는 말에 더욱 자신의 능력을 믿었으며 그것을 강화시키는 방향으로 훈련을 이어 나갔다. 말을 타게 되면서부터 아버지인 계석은 그에게 작은 조랑말을 선물했다. 조랑말을 처음 받은 날 계백은 날아갈 듯 기뻤다. 말 타기를 따로 배운 바도 없었으나 그는 바로 안장에 오른 뒤 말과 한 몸이 되었다. 동네를 돌아다니면서 한 시간 만에 그는 말과 혼연일체가 되어 달릴 수 있게 될 정도였다. 이를 바라본 계석은 말했다.

"어허, 우리 조상님들의 피가 계백에게도 흐르는 게야."

부여에서부터 내려온 유목 민족 백제의 피가 이렇게 계백에게서 흐르는 것을 그는 확인하고 있었다. 계석은 아들 계백을 백제를 구할 동량으로 키우기로 결심했다.

그는 전국 방방곡곡에서 마상 무술이나 궁술, 검술에 능하다는 사람을 불러 계백을 특별히 훈련시키기 시작했다. 이웃 나라 신라에서는 화랑제도가 있어 화랑들을 조직적으로 이끌고 길러 낸다지만 백제는 그러한 제도가 없었다. 뛰어난 선생들을 만나 계백은 출중한 무예를 익혔다. 하지만 선생들이 가르치는 것들은 결국은 원론적인 것들뿐이었다. 공통적으로 선생들이 하는 이야기는 그거였다. 마상 무예를 가르치는 길성(吉星) 선생도 말했다.

"백아, 무예를 갈고닦아 남들보다 뛰어난 실력을 갖는다는 것은 종이 한 장 차이다. 고수들의 승부는 결국 누가 실수를 덜하느냐, 누가 조금 더 강한 힘을 갖느냐, 누가 한 치라도 더 높이 뛰어오르느냐에 따라 결정되느니라."

"예, 스승님."

"그 얘기는 모든 사람들이 자신의 능력의 한계를 뛰어넘으려 애쓰고 있는데 그 한계의 끝에서 종이 한 장 차이가 승부를 가린다는 것이다. 지금 삼국의 대립도 역시 마찬가지가 아니겠느냐. 팽팽하게 최선을 다해 노력할 때 힘의 균형을 이루지만 어느 한 곳이 조금이라도 흔들림이 있어 무너지면 결국 그 나라 전체가 멸망하는 것과 같은 이치이니라."

"어찌하면 종이 한 장을 앞설 수 있사옵니까?"

계백은 무릎을 꿇고 물었다.

"너, 자신의 능력을 극대화시키려면 집중적인 훈련이

필요하다. 나는 십 년간 산속에서 오로지 무예만 닦아도 겨우 이 정도이니라."

"산속에 들어가면 좋습니까?"

"그렇지, 속세의 잡것들을 다 끊으니 오로지 무예만 연마할 수 있어서 능력이 일취월장하느니라."

그때부터 계백은 틈만 나면 명산을 찾아가 수련을 하고 자신의 무예를 갈고닦는 일을 반복하고 있었다. 기필코 이 세상에 자신의 이름을 널리 남기고 뜻을 펼치는 웅대한 기상을 가지리라 그는 결심하고 있었던 것이다. 그리하여 이렇게 덕유산 깊은 곳에 와서 그는 무예를 닦고 있었다.

술이 거나하게 취하여 화랑들과 즐거운 시간을 보내고 계백은 어둠이 깊은 산길을 거슬러 자신의 움막을 향해 걸어왔다. 눈을 감으나 눈을 뜨나 마찬가지일 정도로 익숙한 어두컴컴한 숲길을 지나 한참을 내려올 때 계백은 자신을 쫓아오는 산짐승의 살기가 느껴졌다. 입에서 뿜어져 나오는 술 냄새는 밤길에도 수십 리를 퍼져 나간다. 그 달콤한 냄새를 맡고 덕유산 깊은 곳에 사는 늑대가 다가오는 것이었다. 살생을 원치 않는 계백으로서는 늑대로 하여금 기회를 줄 이유는 없었다. 단전에 힘을 모으고

축지력을 가하여 나는 듯이 계곡을 내려왔다.

뒤를 쫓던 늑대는 빠르게 사라지는 계백을 자신에게 겁을 먹고 도망가는 사냥감으로 판단했다. 멈칫거리며 공격해야 할까 말까 바라보고 있던 늑대에게 도망가는 사냥감을 쫓는 추격 본능이 일어났다. 계백은 펄쩍펄쩍 바위와 바위를 건너뛰며 계곡 아래 폭포 밑의 자갈밭을 달렸다. 늑대들도 거리를 좁히며 달려왔다. 계백은 뛰는 도중에 돌멩이 몇 개를 주워들었다. 그리고 가장 가까이 오는 녀석에게 비호같이 돌멩이를 날렸다. 돌멩이는 그대로 날아가 늑대의 앞발을 쳤다.

"깨갱!"

늑대가 나뒹굴었다. 발목이 부러지진 않지만 충격을 줄 정도의 위력이었다. 미미한 산짐승이라 할지라도 함부로 죽일 수 없다는 것이 계백의 생각이었다.

다음 두 번째로 쫓아오던 늑대가 달려왔을 때 역시 돌멩이는 그 늑대의 머리로 날아가 미간에 맞았다. 역시 그 늑대도 나뒹굴었다. 마지막 한 마리 남은 늑대가 달빛을 받으며 대지를 박차고 허공에 날아오를 때였다. 어디선가 날아온 화살이 그대로 늑대의 목줄기를 관통하고 말았다. 돌을 던지려던 계백은 깜짝 놀랐다. 좌우를 살펴보니 숲속에서 횃불이 올라왔다.

"계공, 우리들이오. 큰일 날 뻔하셨소."

뒤쫓아온 화랑들이었다. 품일이 먼저 달려와 물었다.

"다친 곳은 없소?"

"괜찮소만……."

"밤길 가는데 걱정된다고 하는데 망을 보던 우리 낭도 하나가 늑대들의 울음소리가 계공을 따라가는 것 같다고 해서 쫓아오던 길이었소."

화살을 쏘아 맞힌 화랑 하나는 아까 술을 먹을 줄 모른다며 술잔을 거부하던 자였다.

"고맙소."

말은 그렇게 했지만 계백은 사실 그들이 활을 쏘지 않아도 얼마든지 늑대들로부터 빠져나갈 수 있었다고 생각했다.

"굳이 죽일 건 없었는데……."

"안 그래도 달빛에서 봤소이다. 비호같이 계공이 내빼는 것을. 급한 마음에 화살을 쏘았을 뿐입니다."

다친 늑대 두 마리는 어느새 숲속으로 몸을 감추었고 죽은 늑대만이 피를 흘리고 쓰러져 있었다.

"그럼, 이만 물러가겠소."

"조심해 가십시오."

계백이 물러나자 품일과 화랑들은 죽은 늑대를 어깨에

들쳐 메고 막사로 돌아왔다.

"야, 늑대를 잡다니 훌륭해!"

"솜씨가 많이 늘었어!"

활을 쏜 화랑에게 다른 자들이 칭찬을 해 주었다. 그는 으쓱해하고 있었지만 품일은 어두운 얼굴이 되었다. 돌멩이 하나로 늑대들을 처리하는 계백의 무공은 분명 사람의 것이 아니었기 때문이다.

'아, 계백이 우리 신라 사람이었으면 얼마나 좋을까.'

달빛을 올려다보았다. 품일은 서라벌에서 재롱을 부리며 자라고 있을 아들과 딸의 얼굴이 떠올랐다. 그 역시도 산천경개를 돌아다닌다며 이렇게 집을 떠나온 지가 일 년이 다 되어 가고 있었던 것이다.

부여 여행

후미코와 함께 부여와 충청도 일대를 취재하러 가기로 한 것은 사흘 뒤였다. 이틀 동안 밀린 원고를 쓰고 나서 사흘 뒤에 만나기로 약속을 한 그였다.

취재 협조비로 후미코는 봉투를 하나 건넨 뒤 황일범과 헤어졌다.

"약소하지만 착수금입니다. 일이 끝나는 대로 더 드리겠어요."

주는 대로 봉투를 받아 품에 넣고 황일범은 집으로 휘적휘적 돌아왔다. 택시를 잡아타고 서울까지 간다며 떠나는 후미코의 뒷모습을 본 뒤 그는 어거스트 홀로 돌아와 취한 몸을 소파 위에 던졌다. 난데없이 주어진 새로운 상황을 어떻게 받아들여야 할지 몰랐다. 아르바이트로 친다면 특별하면서도 재미있는 일이 되는 거였다. 미모의 젊은 일본 여인과 함께 지방 여행을 떠난다는 것은 충분히 흥미롭고 가슴 떨리는 일이었다. 자꾸 가리려 애쓰던 그녀의 흰 허벅지가 눈앞에 떠올랐다.

문득 그녀가 계백에게 관심이 있다는 말이 떠올랐다. 신라 쪽의 역사 자료는 승자의 역사여서인지 상세하게 모든 기록이 남아 있었다. 하지만 백제 쪽의 기록은 엉망으로 유린되고 말살되었다. 김유신은 태어난 년도와 죽은 년도까지도 기록이 되지만 계백의 경우는 언제 태어난 몇 살 먹은 사람인지도 알 수가 없었다. 다만 앞뒤 정황을 보고 모든 걸 짐작해 볼 뿐이었다. 황산벌에 결사대로 나갈 때 가족들을 죽였다는 사실을 놓고 보니 장성해서 자신의 운명을 스스로 결정할 만큼 큰 자녀가 없었으리라 짐작을 했다. 그렇다면 계백의 나이는 40대 안팎이었을 거라는 짐작을 할 뿐이었다. 뿐만 아니라 결사대를 이끌고 목숨을 걸고 항쟁하는 것은 그 정도의 나이가 아니면 해내기 힘든 결단이었다. 항일 무장투쟁의 역사를 봐도 소위 독립군 총사령관이니 장군이니 하는 사람들의 나이가 대략 2, 30대였던 것도 그런 이유다. 풍찬노숙(風餐露宿)의 세월을 만주 벌판과 험한 산악지대에서 보내는 일은 연로한 사람들이 할 수 있는 일이 아니었기 때문이다. 한마디로 폭력의 절정이라 할 만한 전쟁은 오로지 젊은이들의 몫인 것이다. 그러나 추론은 어디까지나 추론일 뿐이다. 역사적인 근거나 자료는 그 어디에도 없었다. 황일범은 냉장고를 열어 생수를 마신 뒤 잠을 청했다. 데크 위에는 여전히 그가 올려놓았던 스메타나의 음반이 얹혀 있는 상태였다. 그의 뇌리에는 오래전 논문을 쓰느라 뒤적였던 백제에 관한 역사 기억이 고서점의 퀴퀴한 먼지처럼 피어올랐다.

백제는 우수한 전투 능력으로 세력을 넓혀 나가기 시작했다. 온조가 즉위한 지 13년 만에, 백제의 영역은 북으로 예성강, 남으로 공주, 동으로 춘천, 서로는 바다까지 이르렀다. 이 지역은 강이 있고, 바다가 있고 기름진 평야와 산이 있는 중서부의 요지였다.

온조는 얼마 후인 기원전 5년 수도를 옮겼다. 남한산성이 외적의 방어에 적합하다고 본 거였다. 원인 없는 결과가 있을 리 없었다. 철옹성이라 여겼던 위례성에서 낙랑과 말갈을 맞아 작은 국지전이 있었던 것이다. 그리고 왕좌에 오른 지 46년 만에 온조는 죽었다. 아직 나라의 기틀이 채 잡히지도 않은 때였다.

그 뒤 백제가 제대로 나라의 틀을 갖추고 통치 체제를

완전히 갖춘 건 고이왕 때였다. 260년, 그는 벼슬 제도를 다듬어 6개의 좌평을 두었다. 그리고 그 아래 관직을 16품으로 나누었다. 확실하게 지배 계층의 위계질서를 잡은 거였다. 물론 관복의 색깔도 다르게 했다. 조정 회의를 열면 그 화려함은 극에 달할 지경이었다. 하지만 이는 모두 충성을 유도하는 전략이기도 했다. 태권도 같은 운동에 아이들이 열광하는 이유는 단계별로 등급이 있고, 이 등급은 각색의 띠가 상징하기 때문이다. 윗 단계의 띠를 얻기 위해 지속적으로 도장을 다니며 애쓰고 노력하는 전통은 어쩌면 삼국시대부터 유래한 것인지도 모른다. 크게 보면 이는 왕조의 입장에서는 무력으로 정복한 지역의 토착 세력들을 흡수하는 전략이었다. 조정에 들어와 자신의 신분과 현 위치를 파악하게 하고 그에 따라 더욱 충성하도록 유도하는 셈이었다. 한마디로 왕권의 강화였다.

내부 정비가 끝나면 필연적으로 이어지는 것이 대외 정벌이다. 근초고왕이 바로 그런 사람이었다. 대대적 정복 전쟁으로 낙동강 부근에 기틀을 잡고 있던 가야를 정복했다. 그리고 전라도 지역의 작은 나라들을 차례로 복속시켰다. 그리하여 오늘날 우리가 알고 있는 충청, 전라의 백제 영토가 이 무렵 확장된 것이다. 물론 북으로 고구려도 치고 올라가 369년경 태자 근구수가 이끄는 군사들이 고구려군을 격파하고 포로 5천을 사로잡는 대승을 이루기도 했다. 이 싸움에서 고구려의 고국원왕이 전사하기도 했다. 이는 바로 백제가 4세기 중엽 한반도 중부 지역의 실력자가 되었다는 의미이다. 하지만 역사에 결코 대가 없는 승리는 없는 법이다. 백제가 강성하게 된 원인이 결국은 또한 패망의 원인이기도 했다. 수나 당나라에만 신경이 가 있던 고구려를 자극하고 신라의 결속을 공고히 해 주는 것도 이런 백제의 세력 확장이었기 때문이다.

황일범은 이틀간 중앙 일간지에 정기적으로 연재하는 문화 칼럼의 원고를 힘들게 마무리했다. 후미코와 지방 출장을 함께 간다는 설렘이 일의 진도를 더디게 했다. 하지만 어떻게든 원고를 마무리하지 않고는 취재 답사도 불가능한 것이기에 억지로 원고를 마무리했다.

약속한 날 아침 황일범은 약간은 설레는 마음으로 여행 준비를 했다. 갈아입을 속옷 몇 벌과 카메라, 그리고 겉옷을 챙긴 뒤 지하 주차장으로 내려가 자신의 사륜구동 지프에 시동을 걸었다. 틀어박혀서 보름 넘게 운행하지 않았던 차는 푸들푸들 떨더니 이윽고 시커먼 연기를 내뿜으며 엔진이 요란한 소리와 함께 돌아갔다.

후미코는 분당의 미금역까지 오기로 했다. 그녀를 그곳에서 태운 뒤 판교 IC로 진입해 고속도로를 타고 부여로 내려갈 생각이었다. 시동을 걸고 차를 건물 지하 주차장에서 빼내려는 순간 문득 비디오카메라도 필요하겠다는 생각이 들었다. 어디에 처박아 놓았는지 알 수 없지만 차를 세워 놓은 뒤 황일범은 황급히 어거스트 홀로 돌아왔다. 분명히 서랍장에 넣어 두었던 거 같은 캠코더가 눈에 띄지 않았다. 여기저기 뒤지던 그는 문득 지난번 취재 여행 때 썼던 가방에서 꺼내 놓지 않았음을 생각해 냈다.

"에잇, 제기랄!"

황급히 옷장을 열어 여행 가방 안을 보니 캠코더는 한쪽 구석에 쑤셔 박혀 있었다. 되는대로 비디오테이프 몇 개와 캠코더를 챙겼다. 문을 닫고 나오려다 배터리가 다 됐을 것을 생각하고 어댑터까지 찾아 들고 주차장에 나오자 시간이 제법 경과했다. 그의 낡은 사륜구동 지프는 여전히 시동을 건 채 그를 기다리고 있었다. 자칫하면 후미코와 만나는 시간이 늦을 것 같아 거칠게 차를 몰아 지하 주차장을 빠져나온 뒤 황급히 전철역으로 향했다.

분당 쪽의 도로로 접어들어 달릴 때 후미코에게서 전화가 왔다.

"황 선생님, 후미콥니다. 어디쯤이세요?"

"아, 죄송합니다. 조금 늦었죠. 오 분 내로 도착합니다. 거기 사번 출구에서 기다려 주세요."

"네, 사번 출구 앞에 서 있겠습니다."

그녀는 간간이 내리는 비를 대비해 우산을 들고 어깨에는 여행용 가방을 메고 서 있었다. 스키니진이 그녀의 훌륭한 각선미를 그대로 드러냈다. 민소매의 자주색 티셔츠 위로 시스루 블라우스를 걸친 모습이 단연 주위의 시선을 끄는 것이었다. 지나가는 사내들이 힐끔거리며 바라보는 그녀 앞으로 차를 댄 황일범은 황급히 내려 여행 가방을 받아 뒷 트렁크에 실었다.

"죄송합니다, 캠코더를 빼먹어서요."

"어머, 캠코더는 저도 있는데……."

"아, 저는 제 걸로 따로 자료를 취재하려구요."

차에 후미코가 올라타자 차 안은 그녀의 터부 향수 냄새로 가득 찼다. 드디어 부여로의 여행이 시작된 거였다. 장마 끝 무렵의 하늘은 꾸물거렸다. 하지만 무더위가 아직 오지 않아 기분은 제법 상쾌했다. 처음엔 곰팡이 냄새가 나던 에어컨이 정상적으로 시원한 공기를 내뿜고 있었다.

"고속도로 타고 내려가면 금방입니다."

"아, 예. 그동안 잘 지내셨어요?"

후미코가 뒤늦은 인사를 했다.

"아, 예. 덕분에."

"차가 여행을 많이 다녔나 봐요."

"아, 좀 오래됐죠? 하지만 험한 곳도 가야 되기 때문에 이런 차가 저에게는 딱입니다."

"좋아요."

판교 IC를 향해 진입하려고 이매사거리에서 지하도 위로 좌회전을 하려 할 때였다. 속도를 줄이기 위해 황일범은 브레이크를 지그시 밟았다. 그러나 어쩐 일인지 차는 제동이 되지 않았다.

"어, 이거 왜 이러지!"

몇 번을 힘껏 밟아도 브레이크가 스펀지처럼 푹푹 밟히는 거였다. 황일범은 등골이 오싹하면서도 당황하지 않고 좌우를 살피다 왼쪽 가드레일로 차를 갖다 붙였다. 금속성의 요란한 소리와 함께 차는 왼쪽 옆면을 심하게 긁으면서 10여 미터 미끄러진 뒤 멈췄다. 앞에 신호 대기 중이었던 고급 승용차 바로 1미터 뒤에 선 것이다. 황급히 기어를 풀고 시동을 끈 뒤 황일범은 차에서 내렸다.

"어머, 왜 이러지요?"

깜짝 놀라 파랗게 질린 후미코가 물었다.

"글쎄, 브레이크가 들질 않네요."

내려 밑을 살펴보았지만 차에 대해 알 리가 없는 황일범이었다. 비상등을 켠 황일범의 차를 다른 차들이 구경하며 지나갔다. 등골에서 식은땀이 흘렀다. 이런 차로 고속도로를 달렸으면 어떤 일이 벌어졌을까 생각하니 아찔했던 것이다.

"많이 놀라셨죠?"

후미코의 얼굴은 질려 있었다. 하지만 의외로 침착하게 그녀는 물었다.

"차가 고장 났나요?"

"네, 브레이크가 듣질 않네요. 수리해서 내려가야 될 것 같아요. 잠깐만 기다려 주세요."

황일범이 보험회사에 전화를 걸었다. 곧 견인차를 불러주겠다는 대답이 있었다. 다시 차 안에 있는 후미코에게 다가가 말했다.

"보험 서비스 불렀으니까 견인차가 곧 올 겁니다."

"아, 네."

후미코도 핸드폰으로 어딘가에 전화를 걸었다. 저만치에서 일본말로 차분하게 통화를 마치더니 돌아왔다. 다행히 분당 지역은 견인차의 출동이 빨랐다. 10여 분 뒤에 인근 자동차 정비센터에서 레커차를 보내왔다. 황일범은 레커차 옆 좌석에 올라타 일단 가까운 카센터로 향했다. 카센터로 갈 동안 비좁은 견인차에 나란히 앉은 후미코의 향기가 그를 혼미하게 했다.

카센터에 도착하여 수리를 의뢰하자 작업복에 기름때 묻은 정비공이 나와 차를 살펴보더니 말하는 것이었다.

"브레이크 오일이 좀 샌 것 같아요. 차를 오래 세워 두셨나요?"

"네."

"오일은 점검하셨구요?"

"아, 네. 뭐 당연히 안 했죠."

자동차 같은 것에 신경 쓰지 않는 황일범이었다. 어떤 오일을 언제 바꿔야 하는지도 잘 몰랐기 때문이다.

그때였다. 카센터 앞으로 은회색 BMW Z4가 들어온 것은. 차에서 내린 사람은 양복을 입은 말쑥한 청년이었다.

"여기, 후미코 씨가……."

"저예요. 감사합니다."

청년은 아주 정중하게 자동차 키를 건넸다. 후미코는 키를 받아 들더니 말했다.

"제가 한국에서 타는 차에요. 오늘 잡아 놓은 여행을 안 갈 수는 없잖아요."

"하, 하기는요."

"어서 타세요."

그녀의 스포츠카에 얼떨결에 짐을 옮겨 실은 뒤 황일범
은 조수석에 앉았다. 차 높이가 낮아 덩치 큰 황일범이
타는 데에는 어려움이 조금 있었다.

"괜찮으시면 제가 운전하겠어요. 미안해요, 이 차 높이
가 1.3미터밖에 안 되어서 타고 내리시는데 불편할 거예
요."

"아, 네. 그러네요."

"일단 부여를 좀 내비게이션에 찍어 주세요."

황일범은 약간 망설였다. 어디를 찍어야 하나 싶었기
때문이다. 문득 계백 장군 묘소가 생각났다.

"계백 장군 묘소가 있나 보죠."

내비게이션에 있었다. 경로 안내를 시작하자 후미코는
자동차를 가볍게 움직여 고속도로를 향해 나섰다.

"일본에서는 머스탱을 타는데 이곳 렌터카 회사에서
마침 그게 없다네요. 그래서 이 차를 빌렸는데 나쁘지 않
네요."

도대체 이 여자의 정체가 무엇인지 황일범은 알 수가
없었다.

"좌측통행이 아니어서 불편하지 않으세요?"

"한국은 여러 번 와 봤어요. 괜찮아요."

판교 IC로 들어서 고속도로 매표소를 통과하자 본격적

으로 그녀는 자동차를 가지고 놀았다. 순식간에 올라간 시속 100㎞의 속도에도 힐끗 본 계기는 2000rpm을 가리켰다. 서스펜션이 스포츠카여서인지 도로의 요철이 그대로 전달돼 왔다. 한마디로 승차감은 아니었지만 차는 예민하게 반응했고 배기음이 심장 소리처럼 따라왔다. 그녀는 더욱 가속페달을 밟았다. 시트에 온몸이 파묻히는 느낌과 동시에 머릿속의 상념도 관성에 의해 뒤에 남겨지는 것 같았다. 대신 그 자리를 차지하는 건 아찔함. 시야가 마치 임사 체험에서 만난다는 터널처럼 좁아지는 가운데 그녀의 운전은 더욱 거칠어졌다. 자신도 모르게 황일범은 대시보드를 힘껏 붙들고 있었다. 미모의 젊은 여인과 함께 스포츠카를 타고 고속도로를 달려 어딘가로 여행을 간다는 것은 한 번쯤 상상을 했었지만 자신의 일이라고 여기지 않았던 황일범은 전혀 예상 못한 짜릿함에 사로잡혀 있었다.

"일본과 한국의 관계는 정말 오래된 역사죠?"

후미코가 살짝 속도를 줄이며 말했다. 그래도 시속 150㎞였다.

"아, 네. 그렇습니다."

후미코가 그런 말을 한다는 것은 자신의 기사를 쓸 때 도움이 될 만한 이야기를 들려 달라는 뜻이었던 것 같다. 정신이 살짝 나간 황일범은 되는대로 주절거리기 시작했다.

"지금의 한류도 사실은 오래전부터 있었던 거라고 저는 생각해요."

"어떤 면에서 그렇죠?"

후미코는 스마트폰의 녹음 어플을 켜놓고 대화를 녹음하기 시작했다.

"저는 안 가 봤는데 호류사[法隆寺]라는 절이 있지 않습니까, 일본에?"

"아, 네. 있어요, 나라에 있지요. 엄청나게 큰 절이에요."

"그렇죠. 그 호류사라는 절이 일본에서 가장 오래된 목조건물로 제가 알고 있어요. 제가 공부한 바에 의하면 670년인가에 벼락맞아 불타고 나서 700년대 초에 다시 만들었다고 하죠. 그래도 하여간 세계 최고의 목조건물인데 이 호류사에 아미타여래좌상의 좌대 안에서 7세기경의 그림이 나왔죠. 사람들은 이게 고구려 사신이라는 등 신라의 사신이다, 백제의 사신이다, 여러 말이 있었는데 어쨌든 그건 바로 한반도 하고 일본이 교류가 있었다는 증거물이죠."

"옛날에 한국 백제에서 많은 사람들이 와서 예술을 가르쳐 주었다는 얘긴 들었어요."

"예, 가장 유명한 것이 쇼토쿠 태자죠. 그때 당시의 문화를 아스카 문화라고 하는데 아스카 문화는 불교를 빼놓고 이야기할 수 없어요. 그 호류사를 지은 것도 쇼토쿠 태자죠."

"아, 저보다도 더 일본의 역사를 잘 아시네요."

"아무래도 백제를 연구하려면 일본과의 관계를 몰라선 안 되기 때문에 어쩔 수 없어요. 그런데 그 불교가 어디서 온 것 같아요?"

"불교가 한반도에서 넘어왔나요?"

"백제가 전해 준 겁니다. 대략 일본에 불교가 전해진 게 538년이거나 552년이라고 하는데 그때가 백제 성왕 시대거든요. 성왕이 불상과 경전을 전해 주어서 그때부터 일본에 불교가 전해졌죠. 그다음에 백제의 승려들도 건너가서 일본에서 포교 활동을 했어요. 이것은 한국의 기록이 아니라 『일본서기』에 있는 기록입니다."

"네."

"스님들이 갈 때 그냥 스님만 간 게 아니라 관련된 불상 기술자라든가 절 짓는데 필요한 기와장이 목공, 이런 사람들이 모두 다 가서 절까지 지어 준 거죠. 요즘으로 치면 완전히 패키지 서비스라고나 할까요."

"아, 그래요. 그때부터 정말 한류가 시작된 거네요."

"네, 그렇습니다."

당시 일본인들의 삶은 초라하기 이를 데 없었다. 상민들은 말할 것도 없고 귀족이나 왕도 초가집이 전부였다. 기와를 굽고 그 무게를 견딜 정도로 목조 구조물을 튼튼하게 설치할 능력이 없었던 것이다. 그러니 웅장한 건축물을 만든다는 건 어불성설이었다.

그렇게 따진다면 호류사를 지은 게 누군지는 분명해진다. 이 절을 지은 사람들은 바로 백제와 신라, 고구려의 기술자들이다. 특히 이 가운데 백제의 기술은 단연 압도적이었다. 신라조차도 절의 탑을 쌓을 때 백제의 석공이 와서 지어 줄 정도였기 때문이다.

석가탑을 창건할 때 신라의 화랑 김대성은 백제 사람 아사달을 불러 그에게 공사를 맡겼다. 그가 탑을 짓는 데에 온 힘을 다하자 그의 아내 아사녀가 불국사를 찾아왔다. 남편이 너무나 그리웠기 때문이다. 그러나 그녀를 막는 것은 바로 탑이 완성되기 전까지 어떤 여인도 들일 수가 없다는 법이었다. 이런 그녀가 남편 곁에 가지 못하자 스님 한 분이 일러 준다. 부근의 연못에 탑이 완성되면 그림자가 생기니 그때 남편을 만나러 오라는 거였다. 그날부터 아사녀는 온종일 연못만 쳐다보며 그림자가 생기기만을 빌었다. 하지만 아무리 빌어도 그림자는 생기지 않고 이에 상심한 아사녀는 절망 끝에 남편의 이름을 부르며 연못에 몸을 던졌다는 전설이 바로 백제의 우수한 건축술을 말해 주었다.

호류사는 바다를 건너간 기술자들이 만든 절인 동시에 여기에 있는 모든 불상이나 공예품이 대부분 백제계 장인들의 솜씨였다. 물론 불법을 가르친 승려도 삼국에서 건너간 사람들이었다. 고구려 승려 담징은 지필묵을 만드는 법을 가르쳐 줘서 이후 일본인들은 글씨를 쓰고 그림을 그리는 데에 자유로움을 얻었다. 그가 그린 금당벽화는 세계적으로 유명하다. 이를 포함해서 수많은 문화 예술 종사자들이 일본에 건너가 발달한 선진 문물을 전파해 주었다.

"본격적인 한류는 사실 백제가 멸망한 뒤부터죠. 멸망하고 수많은 유민들이 배를 타고 일본으로 갔고 일본에서 상류층을 형성했다는 설이 있어요."

후미코는 그말에 고개만 끄덕였다.

"계백은 그때 백제의 마지막 장군이지요?"

"네, 그렇습니다. 저번에 우리가 만났을 때도 계백에 대해서 관심 있다고 그러셨잖아요."

"네, 계백에 대해서 얘기 좀 해 주세요."

"계백에 대해서 자료가 워낙 없어서요. 제가 봤을 때 계백은 무예가 뛰어난 장군이었을 거예요. 그리고 결사대를 이끌 정도의 무예라면 당대 최고의 고수가 아니었을까 싶어요."

산 밖에서의 정세는 어떻게 되는지 알 수 없었지만 산속에서 각자의 목표를 향해 무예를 닦고 심신을 수련하는 계백이나 신라 화랑들의 관계는 돈독했다. 늑대 사건이 있은 뒤로 그들은 더욱더 친밀한 관계를 유지했다. 신라 화랑들이 원하는 것은 계백과 함께 선가의 명약들을 제조해 몸을 만들고 싶은 것이었다. 그러나 그러한 비방은 쉽게 전해 줄 수 있는 성질의 것이 아니기도 했다. 두어 달 그들이 관계를 이어 가고 한여름 뜨거운 폭염이 쏟아질 무렵 계백은 화랑들에게 자신이 알고 있는 선가의 비법 몇 가지를 가르쳐 주기로 했다. 선가의 비법을 전해 주면서 그들에게 계백은 말했다.

"선가의 비법은 사실 오랜 역사를 가지고 있는 것입니다. 모든 인간들은 건강하게 오래 살고 싶어 하는 법이오. 이것은 인간들의 공통의 목표죠. 이러한 염원을 달성하기 위해 수많은 사람들이 그동안 노력을 했고 자신들이 생각한 방법들을 실험해 보았소. 그리하여 만든 체계가 신선의 도라 할 수 있겠지요. 신선의 도는 한마디로 불로불사요."

화랑들은 모두 고개를 끄덕였다.

"그러나 불로불사를 어떻게 해석하느냐는 사람마다 다른 것이오. 인생은 즐거워야 하는데 최대의 적은 바로 죽음이 아니겠소. 불로불사의 방법은 죽음을 늦게 오게 하는 것이오. 가능한 한 삶을 연장해서 살아 있는 동안 즐겁게 살기 위한 것이지요. 어떤 사람은 죽지 않는 약을 찾거나 만들려고 애를 썼고, 또 어떤 사람은 차라리 정신과 육체를 분리하여 신선이 되어 버릴 생각도 했었소. 그렇게 되면 인생의 번잡한 번뇌와 고통으로부터 자유로울 거라 생각했던 것이오. 나의 경우는 죽음이 두려웠다기보다는 선가에서 이야기하는 나를 갈고닦음으로써 보다 알찬 삶을 사는 것이 죽음을 이겨 내는 방법이라 생각했소. 그것이 바로 무예에 나의 생각을 접목한 것이라 하겠소."

화랑들은 계백의 이야기를 듣고 깊은 감명을 받았다. 계백을 만난 것이 자신들에게는 엄청난 행운임을 다시금 절감했다.

"앞으로도 우리에게 많은 가르침을 주시오!"

"가르침이라니 당치 않소."

계백은 손사래를 쳤다. 그때 품일의 휘하에 있던 화랑

하나가 입을 열었다.

"저번에 주신 그 환은 정말 효력이 큰 것이었소."

"그랬소이까."

"그것을 먹은 뒤 몸이 가벼워지고 기운이 충만해지는 것을 느꼈소. 우리도 그런 금단과 은단을 만드는 법을 알려 주시면 감사하겠소만……."

계백은 곰곰이 생각했다. 사실 그런 비방을 알려 달라는 것은 무례한 행동이었다. 이는 마치 특허권을 그냥 쓰겠다는 것과 마찬가지의 행태였기 때문이다. 하지만 계백은 대승적으로 생각했다. 무예를 닦는 자라면 누구나 바라는 것이 그런 비법이었기 때문이다.

"그럽시다. 여러분들은 충분히 그러한 비법을 알고 익혀서 자신의 것으로 만들 자격이 있는 사람들이오. 하지만 내가 가지고 있는 재료들 말고도 필요한 것들이 몇 가지가 더 있소."

계백은 자신이 알고 있는 비방의 재료들을 말해 주며 그것을 제조하는 방법을 이야기했다.

"전에 말한 재료 외에도 소의 힘줄이라든가, 화산재 같은 것을 구하는 건 결코 쉬운 일이 아니지만 한 번 만들어 보십시다."

"우리들도 흩어져서 재료를 구하겠습니다."

"좋소. 지금 없는 것들이 몇 가지 있으니 내가 인가로 나갈 때 한 번 구해 보도록 하겠소. 미리 부탁해 둔 것도 있고……."

그들은 그리하여 가을에 정기 좋은 날을 골라 신선의 환약을 제조하기로 했다. 계백 역시 오랜만에 속세로 내려가 재료도 구하고 가족들의 소식도 듣고 올 생각이었다.

그러나 이들의 화합은 이내 깨질 수밖에 없는 운명이었다. 며칠 뒤 계백의 움막으로 남루한 차림의 사내 한 사람이 다급하게 찾아왔던 것이다.

"도련님!"

"아니, 너는 미소 아니냐?"

미소는 계백의 집안에서 일을 보던 종이었다.

"어쩐 일로 여기까지 찾아왔느냐?"

"물어물어 왔습니다. 지금 신라군들이 우리 고을을 침범하고 짓밟아서 지금 어르신께서……."

"아버님이 어찌됐단 말이냐?"

"아버님께서 적들을 맞아 싸우다가 돌아가셨습니다."

청천벽력이었다. 계백은 자신도 모르게 자리를 박차고 일어났다.

"뭐, 뭐라고 어머님은?"

"마님은 다행히 피신하셨고, 가족들은 뿔뿔이 흩어졌

습니다."

"형님들은?"

"큰 서방님들은 무사하시긴 하나 지금 마을 사람들은 신라군들의 노략질에 모두 어육이 되고 말았습니다."

그 말을 듣는 순간 계백은 이를 부득부득 갈았다.

"지금 내가 이러고 있을 때가 아니다."

계백은 황급히 짐을 꾸려 산을 내려왔다. 그의 마음에는 온통 복수심만이 불타고 있었다. 오랜 수련을 통해 세속의 인연은 어느 정도 초월하고 영계를 넘나든다고 생각했지만 부자지간의 인연까지 뛰어넘을 정도는 아니었던 것이다. 황급히 계백이 산을 내려오는 길에서 맞닥뜨린 건 바로 품일이었다.

"아니, 계공. 어딜 가는 길이오?"

품일의 손에는 탁배기가 한 병 들려 있었다.

"지금 우리 고향 집에 변고가 생겼소. 지금 긴 말을 할 시간이 없소이다."

계백은 부르르 떨며 말했다. 옆에 있던 미소가 깜짝 놀라 목소리를 낮춰 물었다.

"아니, 도련님. 저자는 신라 사람이 아닙니까?"

"괜찮다, 나와 이 산속에서 알고 지내는 사람이다."

"하, 하지만 어르신께서 신라군들에게 해를 당하

신······."

그 말을 듣는 순간 품일은 모든 것이 짐작이 되었다. 국지전은 항상 신라와 백제 사이에서 벌어지는 것이었다. 가끔 요즘의 특공대격인 신라 군사들이 멀리 백제 내부까지 진입해서 노략질을 하거나 전과를 세우고 돌아오는 일이 비일비재였다. 그렇게 해서 돌아오면 그들은 영웅 취급을 받곤 했던 것이다.

"집에 무슨 변고가 있소?"

"아니오, 당신하곤 상관이 없는 일이오."

눈치 빠른 품일은 사태를 짐작했지만 계백의 마음을 어찌 위로해야 할지 몰랐다.

"간혹 신라군으로 위장해서 백제 쪽에 가는 산적들도 있다고 들었소. 자세한 것을 확인해 보시오."

그러자 옆에 있던 미소가 말했다.

"군복을 입고 말을 타고 온 정식 신라 군사들이었소."

품일은 더 이상 할 말이 없었다. 두 나라 간의 앙숙 관계가 이 지경까지 온 것은 누구도 부인할 수 없는 사실이었기 때문이다.

"계공, 부디 진노를 푸시고 가서 진상을 잘 알아보시기 바라오. 내가 할 말은 그것뿐이오."

계백은 걸음을 재게 놀려 계곡을 내려갔다. 그가 사라

진 길을 품일은 넋을 놓고 지켜보았다. 함께 신선의 약을 만들어 나눠 먹고 영웅으로서의 풍모를 공유하려 했던 품일로서는 지극히 안타까운 일이 아닐 수 없었다.

계백은 미소와 함께 산을 내려오며 자초지종을 들었다. 신라를 침범해서 황산벌까지 왔던 신라군들은 소규모 부대였다. 그들은 밤에 기습을 하여 전과를 올리고 신라 쪽으로 황급히 빠져나가려고 했던 것이다. 계백은 그렇다면 그들이 넘어갈 곳이 어디인지 길목을 알고 있었다.

"그러면 피해를 입은 곳이 우리 고을뿐이더냐?"

"아닙니다. 몇몇 곳에도 이렇게 신라군들이 쳐들어왔었다고 합니다."

"그렇다면 그자들은 분명히 대나무 고개를 넘어갈 것이다. 그쪽으로 가자."

대나무 고개는 대규모 군사들이 넘어오기는 어렵지만 단기필마가 다니기에는 충분한, 신라와 백제를 넘나들 수 있는 길목이었다.

어떤 자가 되었던 계백은 아버지와 백제의 원수를 갚아야 한다는 생각이 들었다. 그동안 신라의 화랑들과 우정을 나누었던 것은 별개로 치고 계백은 산아래 민가에서 말을 빌려 타고 달려 그날 밤 이슥할 무렵에 대나무 고개로 접어들었다. 신라와 백제를 가장 근거리로 연결하는 이 고개는 낮에도 산적이 나온다는 소문이 있을 정도로 으슥한 곳이었다. 미소에게 그는 자신의 생각을 일러 주었다.

"내가 이쪽 굽이에 숨어 있을 테니 혹시라도 신라 군사들이 넘어오는 낌새가 보이면 그들을 지나쳐 보낸 뒤에 네가 그쪽에서 소리를 질러라. 쫓기는 자들이기 때문에 분명히 서둘러 이 언덕을 치고 올라올 것이다. 그때 내가 처단하겠다."

"괜찮겠습니까, 도련님."

"걱정하지 마라."

시간은 흘렀다. 새벽이 다가올 무렵 밤새 노략질을 한 신라 군사들 일군이 인기척을 내며 오솔길을 말을 타고 천천히 오는 것이 보였다. 얼핏 봐도 칠팔 기 되어 보였다. 그들은 빠르지도 느리지도 않게 산길을 경계하며 걸어오고 있었다. 숨어서 그들을 바라보고 있는 계백은 쥐고 있는 칼을 더욱 힘주어 잡았다. 이윽고 숨어 있는 곳을 지나자 미소가 고함을 질렀다.

"신라 놈들 게 섰거라! 네 이놈들!"

그 순간 말발굽 소리가 빨라졌다.

"추격대인 모양이다, 어서 달려라."

황급히 언덕길로 올라오는 신라 군사들을 바라보며 계

백은 주위에 있는 돌멩이 몇 개를 주웠다. 희미한 새벽 어스름에서 그들의 형체가 나타나자 계백은 맨 앞에 오는 자의 정수리를 향해 돌팔매를 날렸다. 바람같이 날아간 돌은 맨 앞에 오는 신라 군사의 이마에 정통으로 맞았고 그는 말에서 떨어졌다. 두어 개의 돌팔매를 더 날리자 신라 군사들의 대열은 우왕좌왕 흩어졌다. 좁은 오솔길에서 앞으로 갈 수도, 뒤로 갈 수도 없는 상황에서 말들은 놀라 앞발을 들고 일어서며 요란하게 울었다. 그 순간 계백은 메고 있던 활을 꺼내 번개처럼 빠른 솜씨로 화살을 날렸다. 두어 명이 다시 말에서 떨어졌다. 갈팡질팡하던 그들은 말에서 내려 칼을 뽑아 들었다.

"어떤 놈이냐!"

그 순간 계백은 몸을 세워 바윗돌을 딛고 허공을 차고 오르며 좌우로 칼을 휘둘러 순식간에 신라군 둘의 목을 베었다. 번개처럼 벌어진 일이었다. 이제 남은 신라 군사는 단 두 사람, 그들은 장창을 뽑아 들고 부들부들 떨며 계백을 향해 마구잡이로 창을 휘둘러 댔다. 하지만 이미 수련으로 닳고 닳은 계백의 몸이었다. 몸 중앙을 향해 찌르고 들어오는 창을 비껴 옆구리에 낀 뒤 그대로 쥐고 있던 칼을 휘둘러 창을 쥐고 있는 신라 군사의 가슴을 찔렀다. 그를 발로 차 쓰러뜨림과 동시에 뛰어오른 그는 마지막 남은 신라 군사의 어깻죽지를 날렸다. 순식간에 오솔길에는 피비린내가 진동했다. 어깻죽지가 잘려 쓰러진 자에게 그는 물었다.

"너희들은 어디 소속이냐?"

"우리는 신라, 신라 군사들이다."

"어찌하여 우리 무고한 백제인들을 도륙하고 이 길로 도피하는 길이란 말이냐?"

"말이 많다, 어서 죽여라!"

백제까지 깊이 들어와 이런 작전을 수행하고 가는 신라 군사들이라면 가장 전투력이 뛰어난 용맹한 자들이었다. 그들에게서 더 많은 정보를 얻어 낸다는 것은 불가능했다. 이윽고 계백은 그들의 목숨을 끊었다. 도합 일곱 명의 척후병들이었다. 미소는 뒤늦게 나타나 처참한 광경에 놀라 벌벌 떨었다.

"괜찮으세요, 도 도련님!"

"괜찮다."

"이자들이 우리 황산벌에 왔던 자들인지는 알 수 없습니다."

"상관없다. 신라 놈들을 죽여 분을 풀었으니까!"

미소는 계백의 뒤를 따라 신라군의 말들을 끌고 가는 내내 가슴이 조였다. 연약한 글방 도련님이 아니라 신라군들을 순식간에 때려잡는 놀라운 무예를 가진 계백이 도저히 자신이 어렸을 때 업어 키우던 도련님인지 믿기지 않았기 때문이다.

황산벌에 있는 집으로 돌아온 계백은 쑥대밭이 된 마을과 집을 보며 한탄했다. 길바닥에는 시체를 거적때기로 덮어 놓고 통곡하는 사람들뿐이었다.

"아이고, 도련님!"

마을 사람들은 계백을 붙잡고 눈물을 쏟았다. 신라와 백제가 원수가 된 것은 그전부터 알고 있던 사실이지만 이처럼 두 눈으로 본 것은 처음이었다. 계백으로서는 더 이상 자신이 산속에 묻혀 살면서 한가로이 무예를 닦을 때가 아니라는 사실을 다시금 깨닫지 않을 수 없었다. 집에 왔을 때 아버지는 이미 숨을 거두어 관에 들어가 있는 상태였고 흩어져 있던 가족들이 모이고 있었다.

"백아, 네가 왔느냐."

신라의 잔적들과 싸우다 돌아온 형들과 동생들은 모두 피곤에 지친 상태였다.

"죄송합니다, 형님!"

"괜찮다, 집을 잘 지키지 못한 우리 탓이다."

이미 저세상 사람이 된 아버지 앞에 무릎을 꿇고 계백은 이를 갈며 결심했다. 어떠한 일이 있어도 백제를 지키고 목숨을 바쳐 나라를 보존하고야 말리라고…… 나라가 있은 뒤 무예 수련도 있는 것이고 나라가 있어야 개인의 행복도 있는 것이었다. 그동안 선가에 빠져서 산속에 있으면서 신선놀음이나 했던 자신이 원망스러웠다. 신라와 백제의 껄끄러운 관계는 사실 정치를 하는 자들만의 문제라고 생각했던 그였는데 그렇지 않음을 깨달은 것이다. 철천지원수 신라라는 생각을 다시금 하지 않을 수 없었다. 그동안 세속적이라고 생각하며 벼슬을 하지 않고 관직에 나가지 않았던 계백이 비로소 자신의 능력을 실제 정치라든가 관직에서 발휘하는 계기는 바로 이 사건이 있은 뒤였다.

계백의 청운

애초에 속세에 뜻이 없었던 계백이었으나 아버지의 죽음 이후 원한이 가슴속에 점점 크게 쌓임을 느꼈다. 그가할 일은 나라를 강하게 만들며 신라를 복속시켜 백제 사람들이 편안하게 지낼 수 있는 세상을 만드는 것이었다.

때는 백제의 무왕이 지배하고 있던 시절이다. 아명이 서동이었던 무왕은 신라의 공주를 아내로 맞이한 왕이었다. 그러나 그는 신라의 상황을 잘 알고 있는 사람이기에 신라의 서쪽 국경을 자주 침범하였고, 수나라에도 조공을 바쳤다. 고구려도 끊임없이 침공하여 영토를 넓히고자 하는 마음이 있었기 때문이다. 그러나 국제 정세는 그러한 무왕의 야망을 실현할 수 있도록 도와주지 않았다. 수나라가 멸망하고 당나라가 일어난 뒤 역시 무왕은 조공을 바치면서 그 대가로 당고조로부터 대방국왕 백제왕에 책봉이 될 수 있었다. 이후 무왕은 당나라에 조공을 바치며 그들과 좋은 관계를 유지하는 것이 백제의 안전을 도모하는 길임을 깨달았다. 당나라로 가고 싶은데 고구려가 막고 있어서 갈 수가 없다고 호소하여 당의 환심을 사왔다. 삼국이 하도 으르렁대자 이때 당에서는 세 나라가 싸우지 말라는 권고까지 내렸다.

계백은 이 무렵 산에서 내려와 관직에 본격적으로 진출하기 위해 가까운 성을 찾아갔다.

"군사가 되고 싶습니다."

방성의 성주에게 그는 꿇어 엎드리며 절을 했다.

"너는 계백이가 아니냐?"

"안녕하셨습니까."

성주는 먼 친척 간인 사람이었다.

"산속에 들어가 무예를 연마한다더니 아버지 돌아가신 일로 결심을 굳힌 것이냐."

"하늘 아래 신라와 같이 살 수는 없습니다."

성주는 좌대에서 내려와 그의 어깨를 두들겨 주었다. 백제의 군사 체계는 각 부마다 5백명의 군사를 거느린 달솔이 다스리고 있었다. 그리하여 각 방의 중심에는 방성이 있었고 이 방성에 딸려 있는 군사들은 약 7백에서

1천 명 정도였는데 이는 방령이 통솔하였다. 계백은 바로 이 방에 찾아가 자신이 군사가 되겠다고 이야기한 것이다. 계백의 무예를 알고 있는 방령은 그에게 군장의 자리를 주었다. 백제의 경우 중요한 지역에는 성을 쌓아 수비병을 길렀는데 전체 국토에서 이러한 군이 37개고 성은 2백 개에 이르렀다. 계백에게도 완산 지역의 작은 성 하나가 책임으로 떨어졌다. 처음 군문에 들어온 그로서는 파격적인 조처였다. 사실 백제를 지키기 위해 계백이 원했던 자리는 우슬성이었다. 그러나 우슬성은 최고의 정예 장군이 가서 지켜야 하는 신라와의 경계 지역이었다. 탄현에서도 멀지 않았다.

  그가 맡은 완산의 작은 성에는 군장이 되기 위해 노력하던 장정이 하나 있었다. 그의 이름은 검니였다. 이빨이 검다고 해서 그런 이름이 붙은 거였다. 처음 작은 성으로 부임한 계백은 가슴이 설레었다. 이제 드디어 하급 관리로서 자신의 능력을 보여야 할 때가 왔기 때문이다. 백제의 경우 사비로 성을 옮기고 난 뒤 성은 5부로 나누고 전국을 5방으로 나누어 5부 5방 제도를 도입하고 있었다. 5부에는 달솔이 다스리고 있었기 때문에 이곳 완산의 작은 성에서 실력을 쌓아서 인정을 받는다면 직급이 상승해 중앙으로 올라갈 수가 있었다. 백제의 정치제도는 이 무렵 6좌평에 22부였다. 이 22부는 내관과 외관으로 구별이 되는데 각각 11부씩 딸려 있었다. 외관은 중앙의 정부에서 관리를 하는 관청들이었고 내관은 왕실이나 궁정에 물품을 조달하는 곳이었기 때문에 엄밀한 체계를 갖추고 있었다. 고구려나 신라를 의식한다면 완산은 약간의 후방인 셈이었다.

검니는 처음 본 계백이 나이는 자신보다 몇 살 많지만 용력으로는 해볼 만하다는 생각을 하고 있었다. 계백이 나타나서 요즘 말로 낙하산 인사가 되어 내려오지 않았더라면 검니는 분명 그 자리를 차지할 수 있었다. 검니의 불만이 쌓일 수밖에 없었다.

군장이 되어 군사들을 다루게 된 계백은 연일 군사들을 혹독하게 훈련시켰다. 창과 칼을 가다듬게 하고 훈련을 게을리하지 않았다. 나날이 훈련의 강도가 올라가자 군사들은 모두 불만의 목소리를 쏟아 내기 시작했다.

"아, 새로 온 군장 땜에 못살겠어."

"아무 일도 없는데 왜 난리야."

계백의 사연을 아는 몇몇 말하기 좋아하는 군사들이 수군댔다.

"아버지가 신라군한테 죽었댔잖아. 그래서 지금 원수를 갚겠다고 저러는 거야."

"그래 봐야 우리 완산에서는 신라군 구경도 못하는데 왜 저러는 거야. 그럴 바에는 전방으로 혼자 나갈 것이지."

이 이야기를 귀여겨듣는 자가 있었으니 그는 검니였다. 병사들의 지지를 업고 언제고 계백의 권위에 도전하고 말리라 결심했다.

해가 바뀌어 어느덧 봄의 따사로운 햇살이 수그러들고 장마철이 시작되었다. 비가 쏟아져 내리기 시작했다. 완산주의 크고 작은 성들도 군데군데 성벽이 무너졌다. 성주들의 할 일 가운데 가장 큰 것은 무너진 성을 보수하는 것이었다. 당시 적국이 쳐들어올 때는 청야 작전을 쓰고 있었기 때문이다. 적들이 현지에서 식량 조달을 하지 못하도록 벌판에 불을 지르고 성에 들어가 농성(籠城)을 하다가 적군이 제풀에 지쳐 물러가게 하는 것이 청야 작전의 기본이었다. 그러자면 장마철에 무너져 내린 성벽을 다시 쌓는 일은 목숨이 걸린 일이었다. 결코 게을리할 수 없었다. 다행히 장마철은 군사가 이동하기 힘들기에 외적들도 쳐들어오기 어려웠다. 길고 긴 비가 개고 먹구름 사이로 햇살이 비치자 계백은 어김없이 명령을 내렸다.

"자, 모두들 성벽을 보수하는 일에 나서도록 해라!"

완산성의 성벽은 군데군데 무너져 있었다. 특히 남쪽의 성이 무너져 내린 것은 상태가 심각했다. 완산은 위덕왕 1년에 완산주라고 부르다가 주를 폐하였다. 지금의 전라도 지역 내륙에 있어서 치열하게 외적의 외침이 있는 곳은 아니었지만 군령에 의하여 축성 사업이 시작되었다. 계백은 자신들의 부하 장졸들을 데리고 완산성의 북쪽 사면을 보수하는 공사에 나섰다. 지는 것을 싫어한 계백은 부하 장정들을 모아 놓고 말했다.

"우리가 가장 먼저 이 성을 쌓아 올려야 한다. 지금 다른 성에서도 군사들이 와서 각각 무너진 곳을 맡아 보수하고 있다. 이곳을 가장 빨리 쌓고 임지로 돌아가는 것이 우리의 목표다. 오늘부터 우리는 밤낮을 가리지 않고 쌓도록 하겠다."

대개 성 쌓는 방법은 낮 동안 일을 하고 밤에는 쉬는 것이었다. 그러다 보니 낮에 많은 인력을 투입해서 성을 쌓아야 하는데 지형이 험악하고 비탈진 곳에서 많은 사람이 동원돼 움직이는 것은 결코 쉽지 않았다. 계백은 운신하기 힘든 비좁은 지역에 많은 인력을 투입하느니 낮과 밤을 바꿔 2교대로 공사하는 것이 효율이 높고 일을 빨리 할 수 있을 거라 생각을 했다.

"병력을 반으로 나눈다. 갑조는 낮에 일을 하고 을조는 밤에 일한다."

데리고 간 병력의 반은 쉬게 하고 반은 동원하여 축성을 시작했다. 한마디로 2교대로 돌려 빠르게 성의 보수를 마치려는 거였다.

이윽고 공사는 시작되었다. 석수장이들이 다듬어 산 아래 가져다 놓은 돌을 지고 병사들이 올라오면 돌의 암수면을 잘 살펴 맞물리게 쌓는 게 일이었다. 하지만 장마가 끝난 지 얼마 안 되어 비탈 사면은 흙이 들떠 미끄럽고 발이 푹푹 빠졌다. 그래도 계백은 독려했다.

"안전에 주의하라! 미끄러지면 크게 다치니 바로바로 소리를 질러라."

돌을 지고 비탈을 오르던 자가 미끄러지면 돌은 속절없이 굴러 내려갔다. 그럴 때면 재빨리 고함을 질렀다.

"낙석!"

그 소리는 저승사자 소리나 마찬가지였다. 밑에서 올라오던 자들은 재빨리 자신이 메고 있던 돌을 놓고 가장자리 나무 뒤로 숨어야 했다. 그러면 그 사이로 살아 움직이는 것처럼 돌이 굴러 내려갔다.

첫날 익숙지 않는 손길로 돌을 쌓아 올리고 난 뒤 저녁때가 되자 갑조는 물러났다. 낮에 쉬었던 야간 대기조인 을조가 나서서 축성을 계속하는 것이었다. 관솔불을 비춰 대낮같이 밝힌 뒤 성 쌓는 작업이 이어졌다. 하루 이틀 시간이 흘러 작업이 계속 반복되자 계백이 맡은 사면의 축성은 그 어느 곳보다 빠르게 일이 진행되었다. 다른 곳은 사람들만 모여 북적댈 뿐 진도가 나가지 않았기 때문이다.

그러나 밤을 새워 가며 일하는 것은 서서히 사람들을 지쳐 가게 했다. 축성 속도는 빨랐을지 모르나 일하는 역군들의 불만까지 잠재우지는 못했던 것이다. 그러한 군사들의 불만을 가장 앞서 대표적으로 이야기하는 것은 검니였다.

"군장은 우리를 죽일 생각인가? 사람을 밤에 잠도 못 자게 잡아 돌리는구나."

"그러게 말이야."

"이러다가 사람 골병 들어."

가뜩이나 계백에 의해 자신의 진로가 막혔다고 생각하는 터에 군사들의 불만을 알게 된 검니는 불만 세력의 비호를 받자 용기가 났다.

"군장께 아뢸 말씀이 있습니다."

막사에서 축성을 독려하는 계백을 검니가 찾아갔다. 그의 상기된 표정을 본 계백은 뭔가 조짐이 좋지 않다는 걸 본능적으로 느꼈다.

"무슨 일이냐?"

"지금 노역을 하는 우리 군사들의 피로가 가중되어 이 방식으로 성을 쌓는 것은 어렵습니다."

"하지만 우리가 지금까지 쌓은 성벽의 진도가 가장 빠르지 않더냐?"

계백은 다른 곳의 축성 작업 진행 상태도 알고 있었다. 그들의 진도는 느리게 나아가고 있었다. 어려서부터 무예를 닦고 선도를 익히느라 오래도록 천문 기상을 살펴온 계백으로서는 장마가 끝났어도 한여름에 폭우가 한두 차례 내린다는 사실을 잘 알고 있었다. 폭우가 내리면 애써 쌓은 성벽이 다시 무너져서 결국 축성 사업은 한가위나 되어서야 완공되는 것을 많이 보아 온 그였기에 서둘러 축성을 완성하려는 것이었다.

"쉬어 가면서 하고자 하는 것이 군사들의 염원입니다."

"쉬는 것은 물론 좋지만 그게 나중에 도로아미타불이 되기 때문이다. 지금, 비가 오기 전에 축성을 마무리하지 않으면 한가위가 될 때까지 이곳에 붙잡혀 있게 될 것이야."

그 말은 누구도 반박할 수 없는 것이었다. 문제가 있다면 과연 비가 오느냐인데 설령 그렇지 않더라도 열심히 일해서 일찍 집으로 가는 것을 싫다고 할 사람은 없었다.

검니는 더 이상 할 말이 없어 물러났다. 하지만 불만이 잠재워진 것은 아니었다.

불만이 팽배함을 알게 된 계백은 다음 날부터 자신도 손수 등짐을 지며 돌을 날랐다. 우두머리인 계백이 그렇게 솔선수범으로 움직이자 다른 군사들은 할 말이 없었다. 계백이 등짐을 지어 나르는 능력은 단연 발군이었다. 남들이 돌 하나를 나를 때 계백은 두 개를 운반했다. 산속에서 단련한 그의 용력 덕분이었다. 우두머리가 앞장서니 군사들도 더욱 분발하지 않을 수 없었다. 이를 본 검니가 하루는 도전장을 내밀었다.

"저도 군장처럼 할 수 있습니다."

"허허, 어디 한 번 해 보게."

땀을 닦으며 계백이 웃었다. 커다란 견칫돌 두 개가 검니의 등에 얹혀졌다. 검니가 지고 비탈진 산길을 올라가 돌을 부려 놓자 검니 편에 있던 불만을 품은 군사들이 모두 일어나 일제히 박수를 치며 환영했다.

"와! 잘한다!"

계백은 그걸 보고 군사들의 마음이 자신에게 잊지 않음을 알았다.

"좋다, 검니. 너는 내가 본 지금까지 용력이 가장 강력한 장군감이다. 나와 한 번 자웅을 겨뤄 보겠느냐?"

"불감청(不敢請)이언정 고소원(固所願)이요."

마음속으로 늘 그러고 싶었던 바였기에 검니는 회심의 미소를 지었다. 아직 계백의 실력을 알지 못하는 차에 그와 한 번 겨뤄 보고 싶은 마음이 굴뚝같았다. 용력으로 따지면 자신이 충분히 군장이 되고도 남는다는 생각을 한 것이다.

"좋다, 그러면 씨름을 한 번 해보자."

"좋소이다!"

검니는 만면에 미소를 띠었다. 그는 소싯적에 일대에서 떠르르하게 알아주던 씨름꾼이었다. 계백은 검니보다 키가 작았다. 두 사람은 판판한 터에서 상대방의 샅바를 맞잡았다. 오락 겸 휴식 시간에 모든 역군들은 모여들어 둥글게 자리를 잡고 흥미진진하게 구경을 했다. 군장과 부군장의 대결이라니 힘든 노역의 땀을 식히며 구경할 수 있는 절호의 기회였다.

"끙!"

이윽고 두 사람은 동시에 힘을 주었다. 키가 큰 검니는 배지기로 계백을 잡아 넘기려고 번쩍 들어 올렸다. 아니 번쩍 들어 올리려 했다. 검니가 들어 올리기 위해 힘을 쓰면 그의 역발산기개세(力拔山氣蓋世)를 견디는 사람이 없었기 때문이다.

"으랏차차!"

힘을 주었지만 계백은 들어 올려지지 않았다.

"아니, 이럴 수가!"

순간 검니는 당황했다. 뭔가 잘못됐다고 생각하며 힘껏 샅바에 힘을 주어 다시 한 번 배지기를 시도했다. 그러나 계백의 두 발은 여전히 땅에 얼어붙은 것만 같았다.

"이, 이럴 수가!"

계백은 단전에 힘을 모으고 온몸의 무게를 무겁게 하는 수를 쓰고 있었다. 그러니 천근처럼 무거워진 계백의 몸을 검니가 들어 올릴 수가 없었던 것이다. 온몸의 근육 하나하나에 기를 넣어 팽팽하게 긴장을 시키자 계백은 그대로 정물이 되어 버린 것만 같았다.

"검니, 힘이 세다더니 이게 다냐?"

검니의 등에서 식은땀이 흘러내리기 시작했다. 계백은 역으로 키 큰 검니를 배지기로 들었다.

"어어어!"

다리가 허공에 뜨자 검니는 당황하기 시작했다. 메다꽂든 집어던지든 일단 들린 사람은 아무것도 할 수 없기 때문이었다. 계백은 검니를 들어 올리더니 그대로 한 바퀴 돌린 뒤 다시 제자리에 세웠다. 그리고는 샅바를 놓았다. 승부를 꼭 지어야 할 필요가 없었던 것이다. 지켜보던 역군들은 모두 놀라 할말을 잃었다. 하지만 가장 놀란 것은 바로 검니였다. 이런 치욕은 평생 당한 적이 없었다.

"왜, 저를 바닥에……."

"내가 자네를 어찌 눕힐 수 있겠나?"

계백 입장에서는 검니를 땅바닥에 메다꽂을 수도 있었지만 그의 직함이 부군장인지라 그를 너무 모욕할 수는 없었던 것이다. 그 사실을 알게 된 검니는 더욱 흥분했다.

"이따위 씨름이 무슨 상관이오. 검술이나 봉술로 한 번 합시다."

지켜보던 군사들은 모두 숨을 멈췄다. 봉술이나 검술로 하자는 것은 실전을 방불케 하는 것이었다. 같은 편이 아니면 이건 죽거나 죽이겠다는 의미였다.

계백은 생각했다. 군사들의 많은 지지를 얻고 있는 검니를 이 기회에 확실히 굴복시키지 못하면 성을 쌓는 일뿐만 아니라 자신이 앞으로 관직에 올라 대장군이 되는 꿈을 이루는데 지장이 있을 것이 분명했다.

"좋다, 원하는 대로 하마!"

이윽고 두 사람 앞에는 봉과 목검이 주어졌다. 검니는 먼저 봉을 잡아 붕붕 소리가 나게 잡아 돌렸다.

"봉술로 합시다."

어려서부터 봉술은 검니의 특기였다. 그와 겨뤄 본 자

들은 하나같이 말하곤 했다. 두어 개의 봉을 동시에 휘두르는 것처럼 그의 봉은 빠르고 정확했다. 하지만 계백은 목검을 들었다.

"나는 이거면 충분하다."

자존심이 상하는 검니였다. 자신의 긴 봉을 짧은 목검으로 막아 보겠다는 태도였기 때문이다. 하지만 계백 본인이 스스로 선택한 목검이었다. 결과도 자신의 책임이었다.

"이얏!"

기합을 지르며 검니는 벼락같이 봉을 내질렀다. 누구보다도 빠른 솜씨로 내지른 것이어서 실전이었다면 앗, 하는 순간 그대로 가슴에 꽂힐 판이었다. 그러나 분명히 가슴에 찔려야 될 봉은 허공을 찌르는 느낌이었다. 계백이 허리를 ㄱ자로 꺾으며 그의 봉을 피한 것이었다. 뿐만 아니라 동시에 땅을 박차며 바로 검을 들어 검니의 머리를 노렸다. 검니는 재빨리 봉을 가로질러 내려오는 검을 막았다. 둔탁한 소리가 울려 퍼졌다. 이윽고 두 사람은 현란한 봉술과 검술로 상대방을 제압하기 위해 날고 뛰었다. 한적한 숲속은 온통 기합과 타격 소리로 가득했다.

"얍! 허이!"

자기가 갖고 있는 젖 먹은 힘을 다 내며 검니는 기를 모아 계백을 공격했다. 허리와 다리 아니면 머리를 번갈아 가며 예측 불가로 공격했지만 그때마다 계백은 막아 내거나 피했다. 10여 합이 진행되자 비가 오듯 검니는 땀을 흘렸다. 기, 검, 체를 모아 내지르는 공격이었지만 그걸 받아 내는 계백은 땀은커녕 호흡도 흩어지지 않고 있었다. 무심한 표정으로 계백은 말했다.

"공격을 다 했느냐?"

"헉헉헉!"

거친 숨을 내쉬며 검니는 후들거리는 다리를 느껴야 했다. 이처럼 강한 상대를 만난 적이 없었기 때문이다. 두려움이 엄습했다. 이런 그의 본격적인 공격이 어떨지 상상도 되지 않았다.

"간다!"

계백의 공격이 시작되었다. 검니는 밀리며 수비하기에 급급했다. 수비라는 것은 상대방의 허점을 찾아 공격하기 위한 것인데 상대방의 허점 없는 공격이 이루어지는 것이다. 바로 코앞에서 목검이 멈추는 경우도 있었다. 10여 합을 막아 내던 검니는 문득 모든 걸 깨달았다. 그 자리에서 봉을 집어던졌다. 그리고 무릎을 꿇었다.

"장군, 졌소이다."

계백은 인자한 미소를 지었다. 지켜보던 모든 군사들은

숨소리도 제대로 내지 못했다. 계백은 서서히 다가가 무릎 꿇은 검니를 붙잡아 일으켰다.

"검니, 내가 지금까지 겨뤄 본 자 중에 너보다 강한 자는 없었다. 너는 이곳 군장이 되고도 남을 실력을 가진 자다. 미안하다, 내가 네 자리를 차지해서. 하지만 기다려라, 나의 꿈은 이곳 군장이 아니니까."

그 말을 듣는 순간 검니는 계백의 밑에 있으면 자신에게도 무한한 청운이 펼쳐지리라는 것을 알았다. 검니는 땅에 엎드려 절을 올렸다.

"장군, 죽을 때까지 충성을 바치겠습니다."

계백이 실력으로 검니를 굴복시키자 지켜보던 모든 군사들도 동시에 머리를 조아리며 엎드렸다. 지금까지 보지 못했던 놀라운 무예를 가진 자가 자신들의 군장이라는 사실이 스스로 충성심을 불러일으킨 것이다. 전에 와 있던 군장들이나 지휘관이라는 자들은 칼이나 창 한 번 제대로 들어 보지 못한 자들이었다. 백제의 무운이 다해서인지 무장들이 사라지고 붓이나 놀리던 자들이 군장으로 오거나 각종 벼슬을 차지하고 있었기에 군사들의 입장에서도 문약에 빠질 수밖에 없었던 것이다. 그러나 이제 제대로 된 장군이 와서 그들을 통솔하자 그들은 더 이상 할 말이 없었다.

그날 이후 축성 사업은 날개를 단 것처럼 진행되었다. 번갈아 밤과 낮을 가리지 않고 성을 쌓았고, 10여 일 뒤 계백의 군사들은 모든 축성을 마무리하고 빈틈에 석회까지 야무지게 발랐다. 석회가 마르자 성은 단단한 철옹성이 되었다. 임무를 가장 먼저 마친 계백의 군사들이 다른 지역에서 차출되어 온 군사들의 부러움을 받으며 자신들의 성으로 돌아가고 난 뒤 한여름 폭우가 사흘간 쏟아졌다. 그로 인해 다른 곳의 보수한 성벽들은 다시 무너져 내렸다. 계백의 선견지명(先見之明)은 여기에도 정확하게 맞아떨어져 그들이 쌓은 성벽은 무너지지 않았다. 계백의 이 성과는 이내 사비성으로 전달되었고, 조정에서는 계백의 전공을 높이 사서 그를 중앙으로 이끌어 다른 성의 더 큰 책임자로 보내는 일이 벌어졌다.

"계백은 어명을 받아 사비성으로 급히 입궁하라!"

백제의 마지막 수도인 사비성은 서라벌과 마찬가지로 상읍이라는 뜻이었다. 수도라는 의미인데 부소산 서쪽으로 퍼진 금강을 해자로 삼고 있었다. 자연의 지형지물을 잘 이용한 위치를 잡은 것이다. 동쪽으로는 이어지는 산들을 이용해서 성을 쌓아 올려 요새를 만들었다. 도성으로서는 아담한 규모였지만 실질적이고 효율적으로 만들어진 성이었다. 사비성 안은 왕궁과 관청과 절, 그리고 저택이 들어차 있었다. 이곳으로 천도한 왕은 바로 백제의 성왕이었고 그때가 538년이었다.

왕궁으로 들어간 계백은 처음 입어 본 관복에 가슴이 떨렸다. 무왕은 이때 이미 총기가 사라져 애초의 명민함은 없어지고 궁궐 내의 생활에 안주하고 있었다. 새로운 직함을 맡으며 백제의 중책을 맡게 된 계백을 본 왕은 별다른 말이 없었다.

"그대가 계석의 아들인가?"

"예."

"나라를 위해 충성을 다하라!"

관복과 장군의 칼을 받고 나온 계백은 궁성을 빠져나오며 감격했다. 이제 좀 더 큰 자리를 차지하게 되었기 때문이다. 그의 부관으로 따라온 검니도 역시 직함이 올랐다. 기쁜 마음으로 검니는 계백의 심복이 되어 있었던 것이다. 왕의 거처를 나오자 옆에 있던 내관이 조용히 계백을 불렀다.

"태자께서 뵙고 싶어 하십니다. 이쪽으로 오시지요."

별도의 아담한 별실로 도착했다. 그곳에는 무왕의 맏아들 태자가 있었다. 그는 민간에 훌륭한 왕자로 소문이 자자했다. 그는 효성심이 지극하고 수많은 왕자들을 잘 아우르는 자애로운 태자로 알려져 있었던 것이다.

"그대가 계백인가?"

"그렇사옵니다."

꿇어 엎드려 절을 하는 계백을 보며 태자는 다가왔다. 나이는 계백보다 열 살 정도 많아 보였다.

"내 그대의 이름은 익히 들었다. 부하들을 잘 통솔하고 무예가 출중하다지?"

"부끄럽사옵니다."

"우리 백제를 위해 훗날 많은 노력을 해 주기 바란다."

훗날 백제의 의자왕이 되는 태자와의 만남은 이렇게 간단히 끝이 났다.

대야성의 원한

  641년 무왕이 죽고 나자 태자는 바로 왕이 되었다. 그는 해동증자의 이름에 걸맞게 백제를 재건하려는 강력한 의지를 가지고 있었다. 즉위한 지 2년 만에 다시금 국력을 기울여 신라를 정벌하기로 결정했다. 그는 친히 군사들을 이끌고 신라의 미후성(獼猴城) 등을 공격해 40개 성을 빼앗았다. 그에 앞장선 것은 바로 계백이었다. 그리고 다시 인충을 시켜서 대야성(大耶城)을 함락시키는 큰 전과를 올렸다. 대야성 함락시 전방에서 싸운 것도 바로 계백이었다. 신라는 이에 큰 타격을 입었다. 뿐만 아니라 의자왕은 고구려와 화친을 맺었다. 그리고 당태종이 고구려를 침략할 때는 재빨리 정치적인 수완을 발휘했다. 고구려가 당을 막으려 애쓸 때 신라에서 원군을 징발하는 것을 정보망을 통해 알게 된 것이다. 신라의 국력이 약해진 것을 알고 그는 기회를 노려 신라의 7개의 성을 습격하였다.

　의자왕의 귀에 김유신의 이름이 들어온 것은 바로 이때였다. 이 7개의 성을 습격하다가 김유신에게 역습을 당한 것이다. 김유신을 이해하려면 김춘추를 빼놓고 말할 수는 없었다. 나이는 김유신이 김춘추보다 훨씬 많았지만 둘은 친구였다. 김춘추는 왕의 손자였지만 김유신은 몰락한 가야에서 투항한 귀족에 불과했다. 신라의 주류 세력에 편입하기 위해서는 김유신에게 정치적인 후원자가 반드시 필요했던 것이다. 김유신은 바로 그러한 김춘추를 크게 보았다. 훗날 자신이 의탁하여 미래를 도모할 만한 사람이라고 여긴 것이다. 그렇기에 그는 잘 알려진 대로 제기차기를 해서 김유신을 여동생들이 유혹하게 만들었고 그 결과 문희가 김춘추와 만리장성을 쌓게 했다. 그로 인해 그들 둘은 처남 매부지간이 되고 만다. 김춘추는 진골이기에 신라의 귀족이었다. 김유신은 각간에 불과했다. 둘의 신분 차이는 건널 수 없는 강이나 마찬가지로 컸지만 김춘추는 스스로 김유신의 동생인 문희와 결혼하여 이 풍속을 깨 버렸다. 진골인 김춘추로서는 용단을 내린 것이었다. 이때 바로 김춘추의 사위인 품석이 백제군과 싸우다 죽는 사건이 벌어진다.

"불구대천의 원수인 신라를 칠 좋은 기회다."

의자왕은 642년 신라를 공격하기로 결정한다. 그들은 신라의 대야성을 목표로 삼았다. 오늘날의 합천인 대야성을 비롯해 40개 성을 공략한 의자왕의 작전은 성공을 했다. 뿐만 아니라 진흥왕이 차지하고 있던 대당 교섭 기지 당항성도 공격을 했다. 지금의 경기도 남양주 지역인 이 성을 빼앗게 되면 백제는 남과 북에서 영토를 크게 확장하게 되는 것이다. 궁지에 몰린 것은 신라였다. 신라 조정에서는 의논이 분분했다.

"백제가 이처럼 강력하게 우리를 치는 것은 우리가 고구려를 돕고 있기 때문이오."

"그렇소. 우리를 도와줄 나라는 고구려뿐이오."

"이 싸움에 고구려를 끌어들이지 않으면 우리는 살길이 없소이다."

그러나 그 힘을 이끌어 낼 수 있는 사람을 뽑는 것은 고양이 목에 방울을 다는 것과 마찬가지로 어려운 일이 아닐 수 없었다.

이 대목에서 대야성 전투를 묘사하지 않을 수 없다. 대야성의 돌격대장은 계백이었다. 지금의 합천인 대야성은 백제와 신라를 잇는 아주 중요한 요지였다. 지리산의 거대한 자락이 뻗어 나왔고 계백이 몸과 마음을 수련했던 덕유산과도 연결이 되는 반도의 중앙부에 있는 산이었다. 대야성을 거쳐야만 두 나라는 오고 가는 왕래가 가능했다. 필연적으로 대야성을 차지하기 위해 오랜 기간 각축을 벌이지 않을 수 없던 것이었는데 의자왕은 이곳을 공격하기로 결정한 것이었다.

백제의 대군이 대야성을 포위해 들어올 때 성을 지키고 있던 도독은 바로 김품석이었다. 김품석은 김춘추의 사위였고 백제 공격군의 선봉은 부여윤충이었다. 윤충의 형은 바로 충신 부여성충. 그는 이미 전장에서 큰 이름을 얻고 있었고 계백을 발탁해서 자신의 오른팔로 삼았던 것이다. 백제군은 이처럼 강력한 군사력을 가지고 대야성을 포위했으나 대야성을 지키는 품석은 귀족인 아버지 밑에서 태어난 공자일 뿐이었다. 게다가 그는 사생활도 깨끗하지 못한 자였다. 장인이 김춘추라는 것을 믿고 위세를 떨던 그는 부하인 검일의 아내를 빼앗아 첩으로 삼은 적이 있었다. 검일은 이 사건으로 인해 두고두고 이를 갈고 있었다.

"두고 보자, 남의 아내를 빼앗는 자가 성을 지킨다고? 내 반드시 보복하고야 말겠다."

원한을 품는다고 그 원한을 그대로 드러내는 것은 소인

배의 행태였다. 검일은 품석 앞에서 깎듯이 예의를 갖추며 그의 첩이 된 옛날 아내 앞에서도 곁을 두지 않고 내심 속에 원한을 품었다. 위세를 떨치는 소인배인 품석은 모든 일이 다 무마된 줄 알았지만 사실은 그렇지 않았다.

이때 성을 포위한 백제군은 험한 지세에 있는 대야성을 보며 난감해하고 있었다. 막료 회의를 열 때 윤충은 계백을 비롯한 부하 장수들에게 말했다.

"무턱대고 저 성을 공격하기는 어렵겠다. 지형지물이 너무 험악하고 우리가 이쪽 지세를 잘 알지 못하지 않는가?"

"일단은 포위하고 동태의 변화를 살펴보시지요."

계백은 신중론을 펼쳤다. 전쟁이 벌어지면 그 누구보다도 강한 힘을 발휘하는 그였지만 대야성의 위세 앞에서는 신중해지지 않을 수 없었던 것이다. 그러나 계백의 계획은 의외로 빨리 실천할 수 있게 되었다. 며칠 뒤 성에서 밤에 몰래 빠져나온 그림자가 윤충을 찾아온 것이다.

"게 섰거라!"

보초는 검은 그림자를 향해 창을 들이댔다.

"나쁜 사람이 아니오. 윤충 장군에게 드릴 말씀이 있소."

무장하지 않은 것을 확인한 군사들은 그를 대장인 윤충

의 막사로 끌고 왔다. 그는 엎드려 품안에서 밀서를 꺼내
전달했다. 그것은 바로 성 안에 있는 검일이 윤충에게 보
낸 편지였다.

저는 신라의 군사 검일이라고 합니다. 이곳 성을 지키는
품석은 저의 철천지원수로서 그자가 이 성을 무사히 지키
는 것을 저는 볼 수가 없습니다.
모월 모시 성문을 열겠소. 그때 날랜 군사들을 들여보내
안에서 분탕질을 친 뒤 공격하시오.

검일이라는 자에 대해서 알 길이 없는 윤충은 부하 장
수들과 의논을 했다.
"이것이 믿을 만한 일인가?"
"적들의 간계일 수도 있습니다."
"아닙니다, 이건 하늘이 백제를 돕는 것입니다."
막료들의 의논이 분분할 때 나선 건 계백이었다.
"우리가 이걸 판단하긴 어려울 듯합니다. 이럴 때 쓰는
것이 간자들 아니겠습니까?"
간자라는 것은 한마디로 상대방을 염탐하는 첩자였다.
지피지기면 백전백승이라는 말 그대로 당시의 전투에서
도 수많은 간자들이 쓰였다. 이중으로 양쪽 진영에 정보

를 흘리는 자도 있고, 전황이 지지부진할 때면 교섭을 자처하고 나서서 대가를 바라는 자들도 물론 있었다.

백제군은 간자들을 풀어 검일과 품석의 관계에 대해서 정보를 수집했다. 소리없이 흩어진 간자들은 은근슬쩍 그들의 관계를 물어보았다. 그 결과 그 밀서의 내용이 전부 사실임을 알게 되었다.

"이 밀서가 사실이다. 검일이 아내를 뺏긴 일이 있다고 하니 우리에게 큰 기회이다!"

"그렇다면, 이 성은 우리에게 들어온 거나 마찬가지입니다. 안에서 호응한다면 성을 떨구는 건 길가의 꽃 한 송이 따는 것보다 쉬운 일입니다."

계백이 만면에 미소를 띠고 말했다.

"이제, 어찌 하면 좋겠는가?"

"작전에 들어가야 합니다. 다만 주의할 점은 만에 하나 그렇더라도 저들이 흉계가 있을 수 있으니 그걸 경계해야 할 듯합니다."

윤충은 답장을 썼다.

그대의 서신을 잘 보았소. 원하는 대로 그믐밤에 공격을 할 것이오.

날랜 우리 군사 백 명을 성 부근에 대기시켜 놓을 테니 자시에 성문을 여시오.

그러면 우리 군사들의 총공격이 있을 예정이오.

밀서를 받은 사자는 변복을 하고 어둠속으로 사라졌다.

"장군, 결사대로 가는 군사들은 날랜 자들보다는 이제 갓 입대한 신병들을 중심으로 꾸리시기 바랍니다."

"왜 그렇소?"

윤충은 계백의 말이 의아했다.

"만일 검일이 야심한 밤에 문만 열어 준다면 결사대가 아니어도 충분히 성안에서 불을 지르고 분탕질하는 것이 가능합니다. 그들이 할 일은 성안에서 혼란을 일으키는 것입니다. 이건 신병들도 가능하니 만에 하나 이것이 속임수라도 우리는 신병들을 잃을 뿐이어서 전력의 손실은 크게 없을 것입니다."

"그거 좋은 생각이오, 그대로 시행하시오. 지휘하는 군사만 노련한 자로 두엇 배치하시오."

달도 뜨지 않은 그믐밤에 결사대는 몰래 움직여 성문 밖에서 잠복하여 문이 열리기만을 기다렸다. 한밤중 깊은 밤이 되자 성안에서 갑자기 시커먼 연기가 솟았다.

"불이야!"

"군량미 창고에 불이 났다!"

검일이 성안에서 불을 지른 거였다. 온통 소란스러워지자 불을 끄기 위해 군사들이 창고로 몰려갔다. 그 틈을 타 검일은 성문을 열고 새소리를 냈다. 그것이 신호였다. 기다리던 결사대는 소리 없이 성안으로 스며들었고 잠시 후 더 큰 불이 여기저기서 동시다발로 일어났다.

"불이야, 불이야! 백제군이 쳐들어왔다!"

"백제군의 기습이다!"

사방팔방에서 우왕좌왕하는 소리가 들려왔다. 그때를 기하여 성안에 잠입하였던 결사대들은 성문 수비병을 무참히 죽이고 문이라는 문은 다 열어젖혔다. 이를 본 윤충은 정보가 거짓이 아님을 깨닫고 공격 명령을 내렸다.

"성을 함락하라! 원수의 신라 놈들을 짓밟아라!"

일시에 몰아붙인 강력한 기세 덕에 대야성은 별다른 저항도 하지 못하고 백제군의 손에 떨어지고 말았다. 잠자고 있던 김품석은 잠옷 입은 채로 끌려나와 마당에 엎어졌다. 사실 무저항인 그들을 처분하는 것은 지휘관인 백제의 윤충에게 달려 있었다. 그들을 살릴 수도 있고 죽일 수도 있었다. 그가 김춘추의 사위이며 그 아내가 김춘추의 딸임을 윤충은 알았지만 검일에게 한 약속을 어길 수 없었다. 검일은 윤충에게 부탁했던 것이다.

"성을 함락하게 되면 대가로 김품석과 그 아내의 목을

주시오."

　같은 편끼리 싸운, 자중지란(自中之亂)에 의해 성을 손쉽게 얻은 윤충으로서는 나쁠 게 없었다.

　"얘들아, 저 두 내외의 목을 베라. 그리고 검일에게 보여 주어라."

　전장에서 적의 목을 베는 일은 다반사였다. 군사가 다가가 칼을 휘둘렀다. 순식간에 품석 내외는 목이 떨어지고 말았다. 대야성을 밤새 태운 불은 훤한 대낮이 되어서도 가는 연기를 뿜으며 하늘로 올라갔다. 마치 죽은 자들의 영혼처럼……

　이 소식은 바로 서라벌에 있는 김춘추에게 득달같이 전해졌다.

　"대야성이 떨어졌습니다. 그리고 품석이 죽었습니다."

　전령이 알려 온 소식은 충격이었다. 김춘추는 자신의 사랑하는 딸이 함께 죽었다는 사실에 치를 떨었다.

　"으흐흐흐! 내 사랑하는 딸이……"

　피는 피를 부른다고 했던가. 김춘추는 이 소식으로 원한이 온몸에 사무쳤다. 그는 피눈물을 떨구며 다짐했다.

　"대장부가 되어서 백제를 멸하지 못한다면 나도 살지 않으리라!"

　그러나 고구려에서 원군을 보내 주어야만 간신히 외침

을 이겨 내는 신라의 입장에서 백제는 아직도 감당할 수 없는 강국이었다.

"당장 백제를 치고자 해도 지금 우리의 힘은 못 미칩니다."

"누가 지금 당장 치자는 것이오? 힘을 모아야 한다는 것이지요."

조정에서 김춘추는 강경한 입장을 보였다. 그런 그의 의지는 다른 신하들에게는 큰 부담이 아닐 수 없었다. 연이어 벌어지는 국지전에 국력이 소진되고 있었기 때문이다. 갑론을박 끝에 논의는 다른 곳으로 흘렀다.

"우리 국력이 모자라니 다른 힘이라도 끌어들여야 하오."

김춘추는 다른 중신들의 의견과 절충을 시도했다.

"그럼, 누구의 힘을 얻는단 말이오."

"고구려를 우리 편으로 끌어들이면 백제를 멸해 버릴 수 있을 것이오."

"하지만 고구려와의 감정도 그리 좋지 않은데 누가 가서 저들을 움직이겠소?'

결자해지(結者解之)였다. 목마른 자가 우물을 팔 수밖에 없었다.

"내가 직접 가서 고구려를 설득해 보겠소."

이리하여 김춘추가 사신으로 건너가게 되는 상황이 벌어진 것이다. 군사력으로 되지 않으면 외교력으로 원수인 백제를 멸하고 말겠다는 것이 김춘추의 생각이었다.

왕의 명을 받아 그는 바로 고구려로 떠났다. 사실 김춘추는 이런 일이 벌어지기까지 자신에게 이러한 외교적 수완이 있는 줄을 알지 못했다. 고귀한 왕족에 언변 좋은 김춘추가 사신이 되어 고구려에 입국한 뒤 보장왕을 만나기 위해 알현 요청을 하게 되었다.

고구려는 642년 그해 연개소문이 군란을 일으켜 이미 실권자가 되어 있었다. 사실 보장왕은 허수아비에 불과했던 셈이다. 그런 보장왕 앞에 나타난 김춘추는 예를 갖춘 뒤 저간의 사정을 이야기했다. 그리고 간곡하게 원병을 청했다.

"우리 신라는 백제를 반드시 치겠습니다. 원병을 보내주시면 은혜는 백골난망(白骨難忘)이옵니다."

김춘추는 진정성을 담아 보장왕 앞에 엎드려 간청했다. 훤한 인물의 신라의 귀족이 와서 예를 갖추며 이야기하자 고구려는 실익 계산부터 하지 않을 수 없었다.

"신라는 오래전부터 우리의 동맹이었고, 우리의 이웃나라로서 충성을 다하였소. 이제 그런 억울함을 당하였다니 우리가 돕지 않을 수 없구려."

연개소문은 보장왕을 뒤에서 조정하며 이렇게 말했다.

"그러나 우리도 군사를 동원하면 얻는 것이 있어야 하는 법 아니겠소?"

"그것이 무엇입니까. 원하는 대로 하겠습니다. 미천한 저의 머리라도 잘라 바치라면 바치겠습니다."

김춘추는 얼씨구나 했다. 이제 드디어 고구려를 움직일 수 있었기 때문이다.

"죽령이 원래 우리의 땅이었으니 그 땅을 돌려준다면 원군을 보내 주겠소."

지금의 충청북도 단양군과 경상북도 풍기의 경계인 소백산맥에 있는 고개가 죽령이었다. 이 땅이 신라의 영토가 된 것은 진흥왕 때였다. 진흥왕 당시에는 놀라운 충신 둘이 신라를 지켰다. 이사부(異斯夫)와 거칠부(居柒夫)가 그들이었다. 550년 백제와 고구려가 치열하게 공방전을 벌이는 무대가 지금의 천안 부근이었을 때 이사부를 보내 성을 2개나 빼앗았다. 그다음에는 8명의 장군을 시켜 백제와 손을 잡고 고구려를 공격했다. 이 작전으로 백제는 한강 하류의 땅을 되찾았고, 신라는 죽령 이북과 고현 이남의 10개 군을 점령했다. 이런 일련의 국지전을 통해 진흥왕은 한강 하류 지역에 대한 지배권을 확고히 할 수 있었다. 그래서 인적, 물적 자원도 얻고 수나라와 직접 한강을 통해 교류할 수 있는 입장이 되어 막대한 국부를 쌓았다. 고구려 입장에서는 100여 년 전의 이 일이 뼈에 사무치는 일이었는데 이제 비로소 기회가 왔다고 생각했다.

고구려는 생각보다 큰 대가를 요구했다. 김춘추로서는 난감하지 않을 수 없었다. 빼앗긴 땅을 되찾으려다 또 다른 땅을 내주게 되었기 때문이다.

"지금 당장 답을 하기 어렵습니다. 저는 왕의 명으로 군사를 요청하러 왔을 뿐 그 결정은 제가 할 수 있는 게 아니라 신라의 왕이 해야 합니다. 돌아가서 왕에게 여쭙고 다시 와서 결과를 알려드리겠습니다."

그러나 연개소문은 김춘추가 왕위를 노리고 있는 야심 만만한 사람임을 잘 알고 있었다. 그리고 이러한 지략을 내서 고구려까지 찾아온다는 것이 결코 쉬운 일이 아님을 알기에 이대로 김춘추를 돌려보낼 수는 없었다.

"그렇다면 지금 그 정도의 결정권도 없이 우리에게 왔단 말인가? 이는 우리 왕을 능멸한다는 뜻이 아닌가?"

김춘추는 당황했다.

"그것이 아니라 저는 결정권이 없다는 것뿐이옵니다."

"여봐라, 세 치 혀로 우리 고구려를 기만하는 저자를 옥에 가두어라."

연개소문의 명은 지엄했다. 졸지에 사자에서 죄인이 되어 버린 김춘추는 옥에 갇히고 말았다. 같이 갔던 일행들도 다 같이 옥살이 신세가 되자 그들은 땅을 치고 분통하지 않을 수 없었다.

"속았구나. 연개소문은 우릴 도와주려는 것이 목적이 아니었어. 나를 가둬 죽이는 것이 그의 속셈이었다."

부하들도 말했다.

"공께서 야심 있다는 것을 알고 후환이 두려워 지금 우리를 죽이려는 것입니다."

"그렇지만 내가 땅을 떼어 주겠다고 말할 수는 없지 않느냐. 그렇게 말하고 고국으로 돌아갔다가는 내가 신라에서 죽게 된다. 이럴 수도 저럴 수도 없게 되었다."

언제 죽을지 알 수 없는 처지에 처한 김춘추로서는 살 방도를 내야 하는데 도저히 좋은 방도가 떠오르질 않았다. 목숨이 오고 가는 이 시점에서 평정심을 찾기 어려웠기 때문이다.

그때 고구려 쪽에 정보를 가지고 있는 신하들이 소중한 첩보를 전해 주었다.

"고구려 신하 선도해라는 자가 머리가 좋고 꾀가 많다고 하옵니다. 그에게 방도를 얻어 보십시오."

"그래? 내가 살 좋은 방도를 내줄까?"

"밑져야 본전입니다. 달리 방법도 없지 않습니까?"

"그렇다면 어디 한 번 해보자."

김춘추는 가져온 뇌물을 선도해에게 보내 환심을 사려 애썼다. 선도해는 뇌물을 받자 옥으로 찾아왔다.

"귀공께 문안이오."

"누추한 곳까지 오시게 해 송구합니다."

둘은 정중하게 예우를 갖추고 이야기를 나누었다.

"아시겠지만 저는 지금 호랑이 입에 들어와 있습니다. 제발 살 방도를 알려 주십시오."

김춘추의 안타까운 처지를 들은 선도해는 한참을 궁리하다 말했다.

"내가 힘은 없소이다. 우리 왕이나 막리지를 설득하는 방법은 전혀 없지만 한 가지 옛날이야기는 들려드릴 수 있소."

"그게 무엇입니까?"

"옛날 동해 바다 용왕이 큰 병에 걸렸습니다."

선도해가 해 준 이야기는 귀토지설(龜兎之說), 즉 토끼와 거북의 이야기였다. 속아서 용궁에 잡혀 간 토끼는 꾀를 발휘해 간을 집에 놔두었다고 속인다. 그리고 자신을 놓아주면 간을 가져오겠다고 이야기했던 것이다. 이 이야기를 들은 김춘추는 무릎을 쳤다.

"옳거니! 진정 감사한 이야기입니다."

선도해에게 큰 절을 한 뒤 김춘추는 보장왕을 만나겠다고 청을 넣었다.

"이자가 날 왜 다시 만나자는 건가?"

의아해하는 보장왕에게 연개소문이 말했다.

"조건을 받아들일 모양입니다. 아니면 우리를 설득해보려는 게지요. 절대 넘어가시면 안 됩니다."

약속한 날 보장왕을 만난 김춘추는 공손히 말했다.

"제가 돌아가면 반드시 죽령 땅을 고구려에 바치도록 간하겠습니다. 저는 왕족이기 때문에 조정에서도 제 이야기를 들을 것입니다. 죽령 땅을 바쳐도 저희가 백제를 취한다면 오히려 이득입니다. 권한은 제가 비록 없사오나 가서 죽령 땅을 바치도록 이야기하고 다시 찾아오겠습니다."

요구 조건을 들어주겠다는데 연개소문이나 보장왕의 입장에서도 달리 토를 달 수 없었다.

"좋다, 그럼 돌아가서 약조를 지키고 다시금 죽령 땅을 가지고 돌아오도록 하라."

그것이 보장왕이 김춘추에게 내린 마지막 명령이었다.

호랑이 입에 들어갔다 나온 김춘추는 많은 경험을 얻고 서라벌로 돌아왔다. 고구려가 도움이 되지 않는다면 죽령을 바쳐 가며 그들과 백제를 치는 것은 이득이 없었다. 차라리 더 멀리 있는 더 큰 호랑이를 불러들이기로 김춘추는 결정했다. 처남인 김유신과 만나 그는 속 깊은 이야기를 나누었다.

"이번에 냉혹한 외교의 원리를 알았네."

"어찌되었나?"

"절대 공짜로 남을 돕는 법은 없어. 백제를 치려면 죽령을 내달라는 말이 아닌가!"

"그렇네."

"죽령을 내주고 백제를 쳐서 우리가 이긴들 우리의 국력만 소모될 뿐이야."

"그렇다고 이대로 우리가 원수의 백제를 놔둘 수는 없지 않은가?"

"그렇지. 그래서 내가 이것을 좀 더 큰 그림으로 옮기기로 했네."

"큰 그림이라면……."

김춘추는 좌우를 살핀 후 나지막한 소리로 속삭였다.

"백제를 치기 위해 당나라를 끌어들일 거야."

"당나라도 달라는 것이 있지 않겠는가?"

김유신이 물었다.

"물론 당연히 원하는 것이 있겠지."

"그럴 때 우리가 무엇을 내준단 말인가. 백제를 치고 백제를 달라 그러면 어쩔 건가?"

"아닐세, 당나라가 원하는 건 다른 걸세. 바로 고구려를 원하는 거야."

그 말을 들은 김유신은 고개를 끄덕였다. 김춘추의 혜안이었다. 역시 자신이 사람을 잘 본 것이라는 생각이 들었다.

"고구려가 우리에게 죽령을 요구했다면 당은 고구려를 요구하겠지. 더 큰 미끼를 던지면서 우리는 백제를 공격하면 되는 것이겠네."

"맞아!"

그때부터 김춘추의 원대한 계략이 실행에 옮겨졌다. 그는 바로 행동에 들어갔다. 당나라로 서둘러 건너갔다. 목적은 같지만 이번에는 방법이 달랐다. 고구려를 갔던 그 경험이 그에게는 반면교사(反面敎師)가 되었던 것이다.

"내가 없는 동안 우리의 군사력을 잘 길러 주게."

"걱정 말고 다녀오게나."

처남 매부지간인 김유신과 김춘추는 굳은 약속을 했다. 안에서 김유신이 부국강병을 위해 힘써 줄 것을 믿고 당나라로 건너간 김춘추는 이번엔 곧바로 황제부터 만나지 않았다. 당의 민심을 얻어야 된다는 것을 알았던 것이다.

"국학을 가서 구경하자. 우리는 당의 모든 것을 배워야 한다!"

사신이 와서 곧바로 궁에 들어가지 않고 엉뚱한 곳을 둘러보는 것을 당 조정에서도 특이하게 보았다. 아랑곳 하지 않고 김춘추는 국학에 가서 제사와 강론도 구경하 며 그들의 문화를 받아들이려는 제스처를 보여 줬다.

문화란 원래 부드러운 것이다. 당의 입장에서는 신라에 서 온 귀족이 자신들의 문화를 흠모하며 배우겠다는데 거부할 일이 없었다. 김춘추가 기특하면서도 그 속내가 궁금했다. 이윽고 김춘추는 황제가 사는 궁 안으로 들어 가 자신의 속내를 비로소 털어놓았다. 이 세상에는 공짜 가 없는 법, 당태종은 눈엣가시인 고구려를 대가로 줄 테 니 백제 치는 것을 도와 달라는 말에 관심이 갔다.

"우리가 백제를 치면 고구려가 관심을 남쪽으로 쏟을 것입니다. 그때 폐하께서는 고구려를 치십시오."

논리적으로나 수지 타산으로도 당이 손해 볼 것이 없었 다. 당으로서는 고구려를 쳤다가 여러 차례 참패를 겪었 기 때문에 어차피 아래쪽에 있는 백제나 신라와 손을 잡 아야만 고구려의 국력을 흩어 놓을 수 있었다. 물론 백제 도 자신들의 환심을 사기 위해 애를 썼지만 백제는 도와 주었을 때 얻을 수 있는 것이 많지 않았다. 백제를 멸망시킨다면 동남아시아와 발해 연안에 근거를 가지고 있는 대제국 백제의 세력도 자연스럽게 복속될 것이고, 고구려까지 접수할 수 있는 상황이었다. 당태종으로서는 손해 보는 장사가 결코 아니었다. 결국 당태종은 신라의 편을 들어 백제를 정벌하기로 결심을 한다. 두 나라의 이해관계가 맞아떨어진 것이다. 과거나 지금이나 약소국이었던 우리의 입장에서는 같은 민족의 불행이 곧 자신의 행복인 상황이 벌어지고 만 것이다.

김춘추는 오랜 시간을 두고 당의 지지를 얻기 위해 노력한다. 이때 남아 있던 김유신은 군사를 이끌고 어떡해서든 김춘추의 원한을 갚아 줄 결심이었다. 그것은 곧 자신의 딸을 구하는 원한이기도 했다. 백제를 쳐서 김유신은 여덟 명의 백제 장군을 사로잡은 뒤 백제에 교환 조건을 제시했다.

"품석과 김춘추공 딸의 유골을 돌려준다면 장군들을 돌려주겠다."

그리하여 백제는 교환 조건을 받아들여 품석과 그의 아내의 유골을 돌려주고 장수들을 돌려받았다. 비로소 신라에서는 굴욕을 씻을 수 있었고 이로 인해 김유신은 신라에서 가장 높은 장군인 대총관이 되어 자신의 명예를 드높였다. 그리고 선덕여왕과 그 뒤를 이은 진덕여왕이 죽고 나라가 혼란에 빠졌을 때 왕권을 차지하는 것은 바로 김춘추였다. 진골로서 처음으로 왕위에 오르니 그가 신라 제29대 임금인 태종 무열왕이었고 이때부터 삼국의 역사는 격변에 휘말리게 된다.

황산벌

후미코의 운전 솜씨는 훌륭했다. 처음의 과속은 자동차
의 성능을 보여 주기 위한 것이었다는 듯 여자답게 차분
하고 안정적으로 차를 운행했다. 느린 속도로 앞을 막는
차가 있으면 가볍게 추월하면서 법규대로 운전을 하고
있었다. 운전하는 여자가 이렇게 섹시하게 느껴지긴 이
번이 처음이었다.

황일범의 아내는 별거하기 전까지는 자동차 운전을 하
지 않았다. 장롱 면허가 있긴 했지만 여린 심성에 차를
몰고 시내에 나가는 것을 무척 두려워했다. 그래서 황일
범은 일하다가도 가끔은 아내와 딸 민지를 위해 시간을
내 학교라든가, 마트에 가 주곤 해야 했다. 그런 시간은
황일범에게는 손해였다. 아무것도 할 수 없어 그저 멍해

지는 순간들, 그런 시간을 보낼 여유가 황일범에게는 없었다. 어쩌면 그런 사소한 성격 차이가 오늘날 자신을 아내와 함께 살지 못하게 만든 건 아니었나 생각했다. 인생은 때로 사소한 것들이 큰 걸림돌이 되기 때문이다.

"계백 장군의 묘는 어디 있나요?"

"황산벌이지요. 지금은 황산벌이라는 지명은 남아 있지 않구요. 아마 묘소 있는 부근이 황산벌일 것 같습니다. 논산 쪽이거든요."

내심 차분하며 꼼꼼하지만 때로는 거칠게 차를 모는 후미코의 완급 조절 운전 솜씨에 감탄을 하며 황일범은 좌우를 살폈다. 마치 내비게이션이 고장이라도 나서 지형지물을 통해 목적지를 찾아야 할 사람인 것처럼.

"한얼이 그쪽 사람이어서 어떤 문화 환경에서 성장했는지 알아보고 싶었어요."

화제는 한류 가수 한얼로 옮겨 가고 있었다.

"제 고향 쪽에 인물이 좀 있지요."

"화려한 도시에서 스타가 많이 나올 것 같은데 의외에요. 오히려 시골이나 문화적 혜택이 적은 지방에서 세계적 인물이 나오는 것 보면……."

"어디서 성장하느냐도 좀 영향을 미치겠죠. 요즘 아이들은 연예인 되는 게 꿈이어서 그런 것 같은데 한국은 일본하고 달라서 지방이 좀 열악하거든요. 그러다 보니 지방 아이들이 문화를 접할 기회가 별로 없고, 서울처럼 다양한 사람들이나 직업군을 만날 수도 없다 보니까 텔레비전이나 인터넷에서 보이는 연예인들의 모습이 거의 우상인 셈이지요. 그런 영향도 있을 거예요."

"아, 그렇군요."

녹음기는 계속 돌아가고 있었다.

"새로운 사실이에요. 우리는 한국 사람들이 워낙 예술적으로 뛰어나다고만 생각했는데 그런 사회적인 환경도 있군요."

"그렇죠, 특히 연예인을 꿈꾸는 아이들은 자신들의 처지에서 어떻게든지 벗어나고자 하는 욕망을 가지고 있어요. 대개 성공한 아이돌 스타들을 보면 어렸을 때 굉장히 가난했다고 하지요. 이 사회에서 소외된 자의 계층에 속해 있다 보니 연예계에 진출하여 신분 상승도 노리고 자신의 못 다한 한을 풀려는 마음도 있었던 거지요. 그것이 누적되어서 오랜 연습생 기간의 고생도 이겨 내고 결국은 스타로서 떠오르게 되는 겁니다."

황일범은 문득 자신의 어린 시절을 생각했다. 고향에서 가장 출세한 사람은 서울에 가서 법대를 나와 판검사가 되거나 행정고시, 혹은 외무고시에 합격한 사람이었다.

제한된 환경에서 그들은 지역의 영웅이었다. 누구 집 아들이 이번에 출세했다더라는 말이 들려오면 그건 십중팔구 그런 것이었다.

"서울의 대학에 진학하고 보니 법대나 행정학과 등에는 지방 아이들이 잔뜩 있었어요."

"왜, 그렇죠?"

"글쎄요, 아마도 그곳에서 본 출세에 가장 합당한 과가 그런 과였겠지요. 정작 서울 아이들은 예술대학이니 인문대학 같은 곳에 많더라구요. 아마도 서울이라는 환경이 그렇게 만들었나 봐요. 다양한 것을 보고 자라니까 판검사만 오로지 출세의 기준이 아니었던 것이지요. 그런 서울 아이들의 여유가 부럽기도 했어요. 그깟 세속적 성공이 뭐 대수냐는 듯한 느낌을 받았어요."

"하지만 갑자기 성공했을 경우의 문제도 많이 있지요. 우리 일본도 마찬가지고 그건 전 세계 어느 나라나 마찬가지인 것 같아요."

후미코가 말했다.

"그렇죠, 특히 연예인의 경우 그래요. 너무 빨리 성공해버리니까요. 한국에서도 심심치 않게 대마초 사건도 벌어지고 여러 가지 스캔들도 일어나고 하는 것들이 인문학적 소양이 부족한 상태에서 갑자기 큰 성공을 맛보니까 나아가야 할 바를 알지 못해서 벌어지는 일들이라고 저는 생각해요."

"그러네요, 오늘 밤 공연 보시면 그런 스타들 많이 보게 되실 거예요."

"오늘인가요?"

"네, 부여에서 한류 문화 콘서트가 있어서 그것도 좀 가서 보고 싶어요."

"어디서 한답니까?"

"백제문화단지? 거기에서 한다는 것 같아요."

"아, 그런 거 만들어 놓았다고 하는 거 신문에서 본 것 같아요. 부소산성 강 건너 쪽에 있는 걸로 알고 있구요. 요즘 지방자치단체가 관광자원을 만들려고 그런 시설들을 어디나 만들어 놨어요. 아마, 그런 장소일 겁니다. 부여가 크지 않으니까 하루나 이틀이면 그 일대를 다 보실 수 있으실 거예요."

두어 시간 뒤 차는 고속도로 부여 IC를 빠져나왔다. 남쪽으로 내려왔다고 비가 그치고 그새 하늘은 구름 사이로 언뜻언뜻 파란 하늘을 보여 주고 있었다. 이윽고 고속화한 국도를 빠르게 질주하면서 후미코는 말했다.

"한국은 도로 사정이 참 좋네요."

"요즘 도로 사정은 굉장히 좋아졌어요. 사회간접자본

투자가 많이 되어서 어디든 고속도로로 금방 접근이 되지요."

국도변으로 농촌 풍경이 펼쳐졌다. 길 오른쪽으로 계백주유소가 눈에 띄었다.

"어머, 계백주유소네요."

"빠르게 이름을 선점했네요. 계백이란 이름을 또 쓸 수 없으니까 한 번만 들으면 잊혀지지 않을 이름으로 주유소 이름을 잘 지었군요."

"호호호!"

사람의 판단을 가장 빠르게 하는 것은 경제였다. 후미코가 이렇게 한류를 취재하려고 한국을 찾아오고 잡지를 만들며 기획을 한다는 것은 그만치 돈이 있고 거기에서 수익이 나기 때문이리라.

차는 계속해서 국도를 달려 나갔다. 한참을 내비게이션의 지시대로 운전해 나가자 드디어 백제군사박물관과 계백장군묘라는 이정표가 나타났다. 좌회전을 해서 좁은 길을 접어드니 공원으로 잘 단장된 계백 장군 묘역이 나타났다. 의외로 사람은 하나도 보이지 않았다.

"어머, 사람이 너무 없네요."

"글쎄요, 왜 이렇죠."

잘 가꿔 놓은 계백 장군 묘역은 사람의 종적이 없었다.

"아, 오늘이 월요일!"

그랬다. 월요일은 그러한 박물관 등이 모두 다 문을 닫는 거였다.

"어쩌지요? 오늘 월요일이어서……."

"월요일이 왜요?"

"박물관이나 이런 곳들이 대개 문을 닫았을 텐데요."

"아, 그래요. 내일 보죠 뭐."

"아, 그러시겠습니까?"

갑자기 내일 보자고 하니 숙박을 해야 할 것이 맘에 걸렸다. 하지만 부여는 관광지였다. 숙박을 걱정한다는 것이 말이 되지 않았다. 아무 데나 적당한 곳을 잡으면 되는 거였다. 텅 빈 주차장에 차를 세우고 두 사람은 언덕을 천천히 걸어 올라갔다. 월요일이어서 매표소도 문을 닫았고 자동차만 들어가지 못하게 바리케이드가 쳐져 있었다. 그 틈새로 걸어 올라가며 후미코는 연신 사진을 찍고 비디오카메라를 돌렸다.

"아, 참 잘해 놨네요."

"그러게요, 박물관도 만들고……."

길 왼쪽으로 사당도 보였다. 현판은 충장사(忠壯祠)로 적혀 있었다. 백제의 충신인 계백을 모셔 놓은 사당인 것 같았다. 그리고 맞은편으로는 잔디를 깔아 둔 계곡 넘어 백제군사박물관이 소나무 사이로 보였다. 사당 옆의 언덕 위로 계백의 묘가 있었다. 둔덕을 걸어 올라가서 묘를 발견한 후미코는 감탄했다.

"백제의 마지막 충신이 여기에 묻혀 있군요!"

황일범은 무덤 주위를 살피며 안내문을 찾아보았다. 하지만 그 어디에도 무덤의 연원을 밝히는 안내문은 있지 않았다. 무덤 오른편으로 백제계백장군지묘(百濟階伯將軍之墓)라는 비석만 서 있었다. 한마디로 이것은 추정해서 만들어 놓은 가묘였을 뿐이다.

그래도 감격한 듯이 후미코는 낱낱이 무덤 주위를 돌며 촬영을 하고 내려왔다. 소나무 그늘에 서 있던 황일범은 냉소적으로 말했다.

"계백 장군의 묘라고 해 놓긴 했는데 저 안에 계백 장군은 있지 않아요."

"어머, 왜 그렇죠?"

"그 옛날의 패장이 어디에 묻혔는지 알겠습니까. 그냥 이쯤에 있을 거라고 짐작해서 후대에 만든 것 같네요."

군수가 써 놓은 비문을 냉소적으로 가리키며 황일범이 말했다.

"아, 그런 건가요."

후미코는 약간 실망한 표정이었다.

"일본 사람들이 〈겨울연가〉 때문에 많이 오는 남이섬의 남이 장군 묘에는 남이 장군이 없어요. 그냥 가묘로 만들었고 이름만 남이섬일 뿐이지요."

그곳을 둘러보고 후미코와 황일범은 급할 것 없다는 듯 천천히 올라갔던 언덕을 걸어 내려왔다.

"사람이 하나도 없어서 좋긴 좋네요."

"네, 아주 좋아요. 일본 사람들이 많이 찾아오는 걸로 알고 있는데……."

"일본 사람들은 계백에 관심이 있다기보다는 부여에 관심이 있는 게 아닐까요? 옛날 백제의 수도였기 때문에……."

찌는 무더위를 피해 차에 오른 황일범은 부소산성으로 내비게이션을 찍었다. 이윽고 후미코가 운전하는 자동차는 부소산성을 향해 달려가기 시작했다. 완만한 구릉과 경작지의 풍경이 아름답게 펼쳐졌다. 후미코는 운전하는 내내 연신 좌우를 살피며 말했다.

"아, 정말 한국 농촌은 아름다워요."

황일범은 열어 놓은 창밖으로 바람이 쏟아져 들어오는 것을 맞으며 과거 이곳을 무대로 각축장을 벌이며 세력을 다투었을 계백과 백제 사람들에 대한 상상에 들어갔다.

계백이 용맹을 떨치도록 날개를 달아 준 사람은 바로 의자왕이었다. 의자왕은 즉위하고 나서 그다음 해에 얻은 대야성의 큰 승리에 고무되었다. 끊임없이 기회가 닿을 때마다 신라를 공격하라고 명령하였다. 645년에도 의자왕은 계백을 비롯한 장수들에게 비슷한 명령을 내렸다.

"다시 신라를 공격하자. 이자들을 끊임없이 괴롭혀야 한다."

신하들 중의 일부는 이를 말리는 자들도 있었다.

"국력을 자꾸 소진하시면 아니 되옵니다."

"그렇지 않다. 성들을 쳐서 그들에게 우리가 영향력을 행사하면 그만치 국익이 일어나는 것이다. 국익을 확장하기 위해 내가 싸우는 것이다!"

의자왕은 침공을 한마디로 투자라고 생각했다. 오늘날로 치면 그는 굉장히 공격적으로 M&A를 실현하는 CEO라 할 만했다. 국력이 조금만 모이면 신라를 침공하여 성을 얻으려 애썼다. 그것은 여러 가지 부수 효과가 있었다. 일단은 국토가 넓어지고 그 넓어진 국토에서 조세를 받을 수 있었기 때문이다. 뿐만 아니라 신라에게 겁을 주어 장차 후환을 없앨 수 있는 효과도 있었다. 그리고 이념적으로 본다면 당나라를 상대로 경쟁을 하고 있는 관계에서 가급적이면 경쟁자 신라의 세력을 축소시키는 것이 절대적으로 필요했기 때문이다. 자나 깨나 의자왕은 생각했다.

'저 껄끄러운 신라를 어떻게든 복속시키고 말겠다.'

하지만 국력을 최대한 기울여 봐야 5만 명 남짓한 군사를 간신히 모을 수 있는 백제의 입장에서는 일거에 비슷한 힘을 가진 신라를 쳐서 멸망시킨다는 것이 어려웠다. 이는 한마디로 동네 폭력배들이 비슷한 힘을 가지고 있어 아무리 싸워도 한쪽 조직을 완전히 쓸어 없앨 수 없는 것과 마찬가지였다. 그러려면 외부의 압도적인 도움이나 혁신적인 신무기가 있어야 하기 때문이다. 백제나 신라는 자신들의 자체적인 전투력만 가지고는 상대방을 멸망시킬 수 없는 그러한 국력을 가지고 있었다. 이는 현대전에서도 마찬가지였다. 단독으로 전쟁을 수행할 수 있는 능력을 지닌 나라는 지구상에 몇 없다고 해도 과언이아니다. 항상 연합군을 만들고 힘을 합쳐 공격을 할 때라야 비로소 적국의 정권을 바꾸거나 멸망이 가능한 것과 마찬가지 논리였다.

의자왕은 과거에 절치부심했던 백제와 신라의 앙숙 관계를 어떻게든 정리해 놓고 싶었다. 끊임없이 신라를 괴롭히고 공격했다. 645년의 공격으로 7개의 성을 빼앗았다. 그리고 2년 뒤 다시 신라의 3개 성을 공격했다. 그리고 또다시 2년 뒤에는 신라의 7개 성을 빼앗았다. 이처럼 즉위 초 의자왕은 조금의 여력만 생기면 끊임없이 신라를 공격하여 괴롭혔다. 그럴 때마다 신라와의 원한은 끊임없이 쌓여 갔고, 그때마다 계백은 앞장서서 전투에 임했다. 전공을 세울 때마다 계백의 이름은 빠지지 않았다.

이때 당은 끊임없이 고구려를 침공하여 그들과 국력을 소비하며 싸움을 벌이고 있었다. 645년에는 안시성(安市城)에서 양만춘(楊萬春)에게 격퇴당했고, 2년 뒤인 647년에도 다시 고구려를 쳐들어갔으나 패배했다. 그 이듬해인 648년에도 세 번째 침입했으나 고구려는 이를 성공적으로 막아 냈다. 끊임없이 도전해도 끊임없이 막아 내는 고구려에 의해 당은 국력을 소진하며 뭔가의 전환점을 요구하고 있을 때였다. 국제 정세에 밝은 김춘추는 이 사실을 잘 알고 있었다.

"당은 거듭해서 지금 고구려에게 패배를 하는 바람에 누군가에게 도움을 요청할 것이오. 백제가 나서기 전에 우리가 먼저 나서야 합니다."

김유신에게 말했다. 김유신은 고개를 끄덕였다.

"이때가 기회인 것 같다. 당도 이제는 우리를 돕지 않으면 고구려를 멸망시킬 수 없다는 것을 알고 있을 것이다."

김춘추는 아들 김인문에게 큰 과업을 주었다.

"네가 당으로 나와 함께 가서 백제 정벌을 요청하고 오
도록 하자."

아들 김인문은 아버지의 뜻이 무엇인지 잘 알고 있었
다. 그리고 김춘추의 입장에서도 어린 아들 김인문을 어
서 국제 정세에 밝은 아들로 키워야 할 것이었다. 김춘추
의 야망은 결코 작은 것이 아니었다. 먼 훗날 왕위를 차
지하고 싶은 마음이 있었기에 아들과 함께 당나라로 가
서 국제적인 안목을 키우는 것은 그에게 필수적인 요건
이었던 것이다.

648년 그들 부자는 배를 타고 당나라로 건너갔다. 그리
하여 간절히 다시 한 번 당태종에게 요구했다. 와병 중이
던 당태종은 신라에서 온 김인문과 김춘추의 요청을 짐
짓 무표정하게 받아들였다.

"눈엣가시 같은 고구려를 멸망시키려면 바로 밑에 있
는 신라나 백제 놈들이 우리 편을 들어야 한다."

조정에서도 논의가 분분했다. 일부는 백제의 편을 들어
주자고 했고, 일부는 신라의 편을 들어 주자고 했다. 안
그래도 백제도 사신을 보내면 항상 당에게 자신들의 편
을 들어 달라고 간청하는 중이었다. 누구의 편을 들어 주
든 당의 입장에서는 손해 볼 것이 없었다.

"쪼개져 있는 두 나라가 합쳐서 세력을 가지면 고구려

도 북쪽이 아닌 남쪽을 신경 쓰게 될 것입니다."

당시 전국 각지에서 모여든 최고의 지략가들이 의견을 냈다.

"신라와 백제는 어떤 관계더냐?"

"예, 두 나라의 관계는 서로 말이 잘 통하지 않는 정도인 것 같습니다."

"그렇다면…… 누구의 편을 드는 것이 좋겠는가?"

백제의 편을 들자는 신하들이 나서서 먼저 논리를 펼쳤다.

"백제는 이미 우리 땅 안에도 영향력을 가지고 있을 뿐만 아니라 남쪽 바닷가에 있는 작은 섬들까지 차지하고 있습니다. 강성한 백제를 지원하면 신라 정도를 멸망시키는 것은 아무 문제가 아닙니다. 백제로 하여금 우리와 동맹을 하여 밑에서 고구려를 치고 그리하여 고구려를 멸망시키면서 우리가 그들의 땅을 차지하는 것이 원칙인 줄 아옵니다."

그러나 신라를 지지하는 쪽에서는 또 다른 논리를 제시했다.

"아닙니다. 백제를 신라가 쳐서 멸망시킬 때 비로소 당나라에 있는 백제의 영향력이 사라지며 남쪽에 있는 백제의 세력도 스러져 없어질 것입니다. 신라가 남쪽을 차지하면 반드시 고구려를 치는데 도움을 줄 것입니다."

신라 쪽의 주장이었다. 내밀한 황제의 궁 안에서 몇몇 신하들은 황제와 함께 다시 논의를 거듭했다. 그들의 논의는 신라나 백제를 편들 때 그들이 얻을 수 있는 이익이었다. 결과적으로 그들이 착안한 것은 이것이었다.

"어차피 고구려를 우리의 강역으로 복속을 시킨다면 남아 있는 신라나 백제도 우리 것으로 만들기 위해 강한 나라를 밀어 주면 안 됩니다."

"현재 누가 강하더냐?"

"백제가 강합니다. 백제의 힘으로 통일이 되면 나중에 우리가 저들의 땅을 취할 때 어렵습니다."

"그러면 약한 신라를 도와주자는 것이냐?"

"그렇습니다. 신라를 도와서 일단 백제를 멸망시킨 다음에 나중에 신라를 통해 고구려를 멸망시키고 접수하는 것입니다."

원대한 계획이었다. 당태종은 윤허하고 말았다.

"그러면 정세를 봐서 백제를 공격할 때 신라의 편을 들도록 하라!"

결국 당의 낙점을 받은 것은 신라였다. 안시성에서 대패하고 온 당태종으로서는 스스로 찾아와서 충성을 바치는 신라가 기특하지 않을 수 없었다. 찾아왔던 김춘추는 입고 간 신라의 화려한 전통 복장을 다 버리고 당나라에서 옷을 만드는 자에게 후하게 금을 주며 부탁을 했다.

"황제를 배알해야 한다. 우리 옷을 당나라 식으로 고쳐라."

황급하게 따라온 사신들은 모두 현지에서 만들어 낸 당나라 식 복장으로 바꿔 입었다. 당태종이 그들을 다시 알현할 때 가장 먼저 눈에 띈 것은 당나라 복장을 한 김춘추와 신라의 사신들이었다. 이로써 그들의 충성도를 당태종은 미루어 짐작했다.

큰일을 도모하는데 의외로 결정적인 것은 작은 배려와 작은 세심함이었다. 김춘추는 그런 것에 능한 자였다. 당나라 복장을 하고 찾아와 꿇어 엎드린 김춘추를 보자 당태종은 자신에게 기회가 왔음을 깨달았다. 김춘추는 말했다.

"저와 신의를 지키시고자 하신다면 제가 볼모를 남기고 가겠습니다."

"누구를 남기겠다는 것이냐?"

"셋째 아들을 남겨 놓겠습니다. 만약에 저희들이 배신하면 제 아들의 목을 가지시옵소서."

김춘추는 아들까지도 인질로 바쳤다. 출병을 약속해 주는 대가였다.

"좋다, 기회 봐서 우리의 군사들을 이십만 정도 보내 주도록 하겠다."

김춘추는 머릿속에서 불이 환하게 켜지는 기분이었다. 당시 양쪽 나라 군사력을 다 합쳐 봤자 기껏 10만 명이 될까 말까인데 20만의 군사가 온다면 백제를 멸하는 것은 아무것도 아니었기 때문이다. 부들부들 떨리는 가슴을 부여잡고 김춘추는 말했다.

"폐하의 은덕이 하늘을 찌르옵니다."

궁궐에서 나온 김춘추는 벅찬 가슴을 들어 하늘을 올려다보았다. 신라의 하늘이나 당나라의 하늘은 마찬가지로 푸르렀다. 하지만 그의 가슴속에는 엄청난 야망이 본격적으로 불타오르기 시작했다. 여왕이 차지하고 있는 신라, 그 여왕이 죽고 나면 모든 왕권은 자신에게 돌아올 것이 뻔했기 때문이다. 그 대망을 위해 김춘추는 아들까지도 당나라에 남겨 놓고 고국인 신라로 돌아왔다. 돌아오자마자 서라벌의 궁궐로 들어간 김춘추는 진덕여왕에게 이 모든 사실을 알렸다. 진덕여왕도 역시 기뻐했다. 원수 같던 백제를 멸망시키기 위해 당나라에서 20만의 군대를 보내 주겠다고 약속을 했기 때문이다.

"황제에게 우리가 무엇으로 감사의 뜻을 표하겠느냐? 금은보화를 갖다 바칠 수도 없고……."

작은 나라에서 아무리 좋은 물건을 갖다 주어도 전 세계 문화의 중심이던 당나라 황제의 눈에 찰 리가 없었다. 영민한 김춘추는 말했다.

　"감동을 주는 것은 아주 작은 것입니다. 정성 어린 마음의 선물을 준비해야 합니다."

　진덕여왕은 그 말을 듣고 고개를 끄덕였다.

　"맞다, 그러면 내 친히 비단에 〈태평송(太平頌)〉을 수놓아 보내 주면 어떻겠느냐?"

　그것은 세상에 하나밖에 없는 선물이었다. 속국의 여왕이 직접 수를 놓아 감사의 뜻을 보내는 것은 돈으로 살 수 없는 것이었기 때문이다. 분명히 황제의 환심을 얻으리라는 것을 알았다.

　"그것이면 될 것이옵니다."

　위대한 당나라가 제업(帝業)을 여시니
　드높은 황제의 경영이 창성하도다
　천하를 평정하여 전쟁을 끝내시고
　문치(文治)를 닦아서 백왕을 계승하였네
　천하를 통어(統御)함에는 생성(生成)을 숭상하고
　만물을 다스림에는 함장을 체현(體現)하도다
　깊은 인덕(仁德)이 일월과 조화를 이루고

시운(時運)을 어루만져 순리와 화평을 다지누나
나부끼는 깃발은 어이 그리도 빛이 나느뇨
징과 북소리는 어이 그리도 요란한가
외방의 오랑캐로서 황제의 명을 어기는 자는
천벌(天罰)을 받아 멸망하고 말리라
순후한 풍속이 유계(幽界)와 현계(顯界)에 엉기고
멀리서 가까이서 다투어 하례를 올리누나
사철의 기후가 임금의 밝은 덕에 화합하고
해와 달과 별들이 일만 나라들을 순행한다
산악의 정기가 보필할 재상을 내리고
임금은 어질고 성실한 인재를 쓰는구나
삼황과 오제의 덕을 하나로 합쳐 이루었으니
우리 당나라 황제의 가문이 진정 찬란할지어다.

지금 읽어도 그 비굴함이 지나칠 정도의 이 〈태평송〉
을 진덕여왕은 비단에 수놓아 당태종의 뒤를 이은 당고
종에게 선물로 보냈다. 신라는 다가올 기회를 노리며 복
식을 당나라 식으로 다 바꾸는 것은 물론이고, 신하들 가
운데 진골은 모두 조정에서 당나라처럼 홀을 들 수 있게
했다. 그때부터 당의 연호를 쓰기로 한 것도 물론이다.
그 후에도 신라는 당고종에게도 거듭 동맹의 약속을 환

기시켰다.

국제 정세가 이렇게 돌아가고 있었으나 백제의 의자왕은 여전히 일중독증 같은 정복욕에 불타고 있었다. 하지만 거듭되는 그의 정복욕은 김유신에게 반격을 한 번 당한 뒤로는 한풀 꺾였다. 그리고 심한 정신적인 불안감을 느끼기 시작했다. 의원이 내전으로 들어가 그러한 의자왕의 진맥을 했다.

"무슨 병이냐?"

침대에 누운 의자왕이 물었다. 그는 가슴이 답답하고 속이 울렁거렸다. 잠을 자도 잠을 잔 것 같지 않고 늘 불안하고 초조했다. 의원은 조심스럽게 말을 꺼냈다.

"오래도록 정벌 계획을 하셔서 심신이 쇠약해지셨습니다. 마음을 편히 잡수시고 모든 일을 긍정적으로 살피셔야 하옵니다. 그래야 신체 안에 있는 장기들이 편안해지며 병마가 물러갈 것이옵니다."

"약이나 침은 없단 말이냐?"

"옥체는 건강하시옵니다. 문제는 정신이옵니다. 쉬셔야 하옵니다."

그도 그럴 법했다. 무왕의 아들인 의자는 자신이 왕권을 잡기 전 생명의 위협을 느끼면서까지 노심초사하며 왕자 시절을 보냈다. 효도를 하며 형제 간의 우애를 소문나게 과시한 것도 일부러 모자라는 행동을 한 것도 왕권을 잡기 위해서였다. 그리고 왕권을 손에 쥔 뒤 드디어 자신이 뜻하고 원했던 대로 국가 경영을 하면서 신라를 마음껏 치고 공략해서 능력을 만천하에 발휘했던 것이다. 의자왕 이야기만 들으면 신라 사람들은 이를 갈 지경이었다. 그랬기 때문에 의자왕은 더더욱 강박관념에 시달렸다. 게다가 당나라에서 군사를 도와주지 않자 어떻게든 자립적인 힘을 가지고 신라를 쳐서 복속하고 싶은 마음뿐이었다.

그러나 자립 군사력과 자립 경제력으로 대등한 규모의 신라를 무릎 꿇리는 것은 하루 이틀에 되는 일이 아니었다. 오랜 집착과 일에 대한 집념은 의자왕을 요즘 병으로 친다면 일종의 공황장애에 빠뜨렸다. 의원은 그러한 의자왕에게 휴식을 권한 것이다. 의자왕은 난생 처음 휴식이라는 단어를 머리에 떠올렸다.

"쉰다? 마음에 여유를 가지고? 글쎄 그게 뭘까?"

어린 왕자 시절부터 긴장만 하고 살아온 그에게는 왕궁에 있는 궁녀들이나 온갖 산해진미가 사실은 중요한 것이 아니었다. 하지만 의원의 권고에 의해 왕비와 궁중의 중신들은 모두 다 의자왕에게 휴식을 권했다.

"옥체를 보존하시옵소서. 지금 백성들은 거듭되는 전

쟁으로 피로해지고 있사옵니다. 조금쯤 휴식을 취하며 경계를 게을리하지 않는 것도 좋을 것이라 생각하옵니다. 그리고 눈치를 보아하니 당이 신라와 가까워진 듯하옵니다. 소문을 들으니 신라의 김춘추는 당에서 복식도 뜯어 고치고, 당의 연호를 쓰고 있다고 하옵니다."

"저런 쓸개 빠진 놈들!"

듣고 있던 의자왕은 술잔을 집어던졌다.

"아무리 우리 백제가 눈엣가시고 우리를 치고 싶다고 때놈들을 찾아가서 비루하게 무릎을 꿇는단 말이냐?"

사실 백제도 당에게 가서 그러한 사정을 했음에도 불구하고 당의 낙점이 신라에 찍힌 것을 알고 있는 의자왕으로서는 분통이 터지지 않을 수 없었다. 이때 뜻있는 신하들은 의자왕에게 말했다.

"폐하, 너무 심려하지 마시옵소서. 신라가 우리의 등 뒤에 있는 당과 손을 잡는다면 우리도 신라의 등 뒤에 있는 왜와 손을 잡으면 되옵니다."

안 그래도 왜와 백제의 관계는 돈독했다. 문화를 전달해 주고 백제의 많은 사람들이 왜로 건너가 그들에게 음으로 양으로 문화와 정치 경제 쪽으로 영향을 주고 있었기 때문이다.

"좋다, 그러면 왜와 다시금 국교를 개설하고 그들과 좋은 관계를 유지하기로 하자."

왜구의 잦은 침입 때문에 백제는 신라와 마찬가지로 골머리를 썩고 있었다. 그리하여 왜와의 직접적인 교섭이 한동안 없었는데 653년 결국 왜와 백제는 국교를 다시 재개하고 사신들을 주고받았다. 유사시에는 신라를 함께 치기로 약속을 해 준 것이다. 당만큼의 세력을 가지고 있진 못했지만 분명 왜도 신라에게는 위협이 되는 존재였다. 국내의 전투력과 군사력을 중시하던 의자왕으로서는 큰 태도 변화를 보인 것이다. 그로써 한숨 돌리게 된 의자왕은 그때부터 휴식의 맛을 들이기 시작했다.

사비성은 아름다운 곳이었다. 강물이 굽이쳐 흘러가고 부소산을 중심으로 궁궐은 바로 산 기슭의 남쪽 터에 자리 잡고 있었다. 그 사비성의 광역은 마주 보이는 진산인 금성산을 바라볼 수 있었다. 궁남지가 아름다운 풍경을 연출했고 궁에서 바라보는 왼쪽으로는 정림사의 석탑이 있었다. 반듯반듯하게 도로 계획을 해 놓은 사비성은 백제의 세 번째 수도였으며 천연의 요새였다. 서쪽으로는 강이 굽이쳐 둥글게 감아 천연의 해자 역할을 해 주었다. 그리고 동쪽으로는 만에 하나 있을지 모르는 외적의 침입을 막기 위해 산성을 쌓았다. 그것이 나성이었다. 나성을 쌓은 이유는 신라군의 침략을 언제든지 대비하기 위한 방비책이었다.

부소산 기슭의 짙은 숲속은 왕궁의 정원이었다. 왕자와 궁녀들 혹은 관리들은 북쪽에 있는 정자에 가서 쉬다 오는 일도 많았다. 완만한 경사를 거슬러 올라가면 백강이 내려다보이는 절벽에 정자를 지어 놓았다. 항상 뭇짐승들이 깃들고 온갖 새들이 날아와 지저귀는 사비성은 그야말로 낙원이라 할 만했다. 이곳에 풍악이 울려 나오기 시작한 것은 그 무렵이었다.

마음의 병을 다스리기 위해 의자왕은 연회를 열었지만 아름다운 무희들이 춤을 추고 향긋한 술과 기름진 음식을 먹으며 쉬는 것은 정말 삶의 또 다른 즐거움이었다. 정복을 하고 성과를 내며 뭔가를 이루어 내는 것이 왕의 의무라 생각했던 그였는데 이렇게 여유와 즐거움을 만끽하는 것도 또 다른 기쁨이었다. 일도 중독되는 무서운 것이었지만 사실 놀고먹는 것은 더 큰 중독성을 가지고 있었다.

연회가 끝나고 나면 고즈넉해지는 궁궐의 모습을 의자왕은 견딜 수 없었다.

"연회를 또 열어라!"

신하들을 불러 술잔을 기울이며 음식을 즐기며 춤추고 노는 일이 거듭 이어졌다. 슬슬 뜻있는 자들은 걱정을 하기 시작했다. 국제 정세가 어떻게 돌아가는지도 알지 못한 채 백제는 이렇게 안으로 곪아 가고 있었던 것이다.

이때 계백은 순탄하게 승진해서 직급이 계속 올라가고 있었다. 뒤늦게 혼사를 맺어 처와 첩을 거느리고 자녀들을 낳아 기르며 가문을 일으키고 있었다. 그의 집은 사비성 안에 있는 커다란 기와집으로 정림사 옆에 자리를 잡았다. 그는 가족들을 이곳에 살게 하고 자신은 임지에 따라 옮겨 다니며 군사들을 훈련시키고 군내에서 명망을 얻고 있었다. 의자왕은 그 지경으로 나라를 곪게 하고 있었지만 뜻을 가진 계백은 훗날을 대비했다. 옮겨 가는 곳마다 계백은 나태해져 있는 군사들을 훈련시켰다. 계백의 군사훈련은 혹독했다. 그의 지도 원칙은 솔선수범이었기 때문이다. 군사들을 지휘하며 그 자신도 함께 그들과 훈련을 받았다. 대개 백제의 군사들이란 유사시에 동원되는 농민들이었다. 그렇기에 체계적인 군사훈련을 시킨다는 것은 결코 쉬운 일이 아니었다. 하지만 계백은 자신이 솔선수범함으로써 나약한 그들을 강군으로 만들어 내는 독특한 능력을 가지고 있었다. 계백이 가는 곳의 군사들은 항상 강해졌다. 그의 오랜 군사 경력은 민중들에게도 점점 신망을 얻었다. 아버지를 신라군에게 잃은 그의 철천지 원한은 그를 강력한 무장으로 만들어 주었기 때문이다. 그가 신병들을 만나 조련할 때는 눈에서 핏발이 일어나는 것을 누구나 보고 느꼈다.

"너희들 중에 신라 놈들에게 가족을 한 사람이라도 잃지 않은 사람은 손을 들어 보아라!"

거의 없었다. 거듭되는 전쟁으로 백제군도 피해가 많았기 때문이다. 이 이야기는 다시 말하면 자신들 가족의 불행은 결국 신라 때문이라는 데에 귀결점을 찾게 되는 거였다.

"신라는 우리의 철천지원수다. 지금 그들이 당나라와 손을 잡고 우리를 호시탐탐 노리고 있다. 이때 우리에게 필요한 것은 무엇인가?"

"힘입니다!"

조련장에 가득 찬 군사들은 힘차게 외쳤다.

"그렇다, 우리는 오로지 우리의 힘으로 우리를 지켜야 한다. 훈련을 게을리하는 것은 결국 우리 목을 누구에게 내놓는 행위겠는가?"

"신라입니다!"

"잘 알고 있구나!"

정신 무장을 특별히 시킨 뒤 하는 훈련은 어느 때보다 강도가 높았지만 그 효과는 뛰어났다. 용장 밑에 비겁한 군사가 없는 법이었다. 계백은 이렇게 나라를 위한 충성심으로 똘똘 뭉쳐 있었다. 바깥에서 이렇게 계백이 나라를 지키려 애를 쓰고 있다면 내부에서는 바로 성충이라는 충신이 나라를 걱정하고 있었다.

성충은 국제 정세를 읽고 왕에게 충간을 해야 할 때가 왔음을 깨달았다. 거듭되는 황음으로 인해 신망을 잃고 그럼으로 인해 지배층도 동요되기 시작했기 때문이다. 귀족들은 모여 서기만 하면 왕이 정신 차리지 못함을 두려워하며 걱정했다.

"나라가 어찌되려고 이러나!"

"폐하께서는 옛날에는 그토록 영민하시더니 갑자기 저렇게 되셨어."

왕의 일중독과 강박관념은 치료가 되어 있었다. 그러나 그 자리에 놀고먹는 새로운 병이 자리를 잡았다. 지배층이 동요하고 있을 때 성충은 결국 스스로 목숨을 내걸기로 작정을 했다.

이 무렵 왕이 된 김춘추는 고구려를 공격하여 자신들의 위력을 과시했고 백제에도 도발해 왔다. 첩자들은 전쟁 준비를 하는 신라의 정황을 시시때때 알려 왔다. 위기가 코앞에 닥친 거였다. 끊임없이 당나라에 사신들을 보내며 신라가 차곡차곡 전쟁 준비를 하고 있다는 것을 안 성충은 의자왕에게 직간을 하기로 결심했다. 술 취해 쓰러져 있는 의자왕에게 독대를 요구한 성충은 왕의 침전 앞에서 한나절을 꿇어 엎드린 뒤 해가 넘어갈 무렵에야 흐트러진 얼굴로 나타난 의자왕을 만날 수 있었다.

"어, 경이 어쩐 일이오. 연회는 아직 시작 안 됐는데?"

의자왕은 그날 밤 또 다른 연회에 성충이 찾아온 줄 알았다.

"연회에 온 것이 아닙니다. 지금 궁녀들이 춤추고 노래할 때가 아니옵니다."

"무슨 소리요?"

"지금 신라가 당나라와 손을 잡고 우리를 쳐들어오려고 하고 있습니다. 정신을 차리시어 당장 연회를 물리시고 나라의 기강을 바로 잡으셔서 대비를 하셔야 하옵니다."

예나 지금이나 권력자 부근에 있는 모리배들은 직언을 두려워한다. 일신의 영달만을 위할 뿐, 국가나 민족은 그 다음 다음일지도 모르기 때문이다.

그러한 성충의 말은 오랜만에 의자왕의 폐부를 찔렀다. 사실 그 말이 옳은 것임을 지혜로운 의자왕은 알고 있었다. 하지만 그 말은 결과적으로 역효과를 불러일으켰다. 나라를 지키고 왕으로서의 도리를 다 하고 있지 못하는 의자왕은 그것이 곧 자신의 상처였다. 술에 취했다 깰 때에도 내가 이러면 안 되는데 어서 정신을 차려야 하는데 라는 생각은 있었지만 이미 중독이 시작된 그의 몸에 그러한 각성은 잠시뿐이었다. 바로 들어가는 술과 각종 쾌락은 그의 그러한 감각조차 마비시켰기 때문이다. 그런 자신의 약점을 찔러 온 것이 성충이었다.

"네 이놈! 감히 나에게!"

본질을 호도하는 것은 권력자들의 속성이었다.

"버릇없이 침전 앞에 와 가지고 이게 무슨 행패더냐!"

신하가 왕에게 간하는데 침전과 장소를 따질 일이 없었다. 그러나 의자왕은 이런 식으로 전혀 엉뚱하게 분풀이를 시작하더니 주위에 명령을 내렸다.

"여봐라! 저 발칙한 성충을 잡아 가둬라. 내 친히 국문하여 죽일 것이니라."

이미 성충은 죽음을 각오하고 있었다. 감옥에 끌려가면서도 절규했다.

"사직을 보전하시옵소서!"

충간하다 옥에 갇힌 좌평 성충은 자신이 살아남을 수 없음을 깨달았다. 옥에 들어가 앉자 주변에 있던 수많은 잡범들이 성충에게 고개 숙여 절을 했다. 자신들과 달리 나라를 지킬 수 있는 유일한 충신이었던 성충이 이렇게 끌려 들어와 죽게 된다는 생각을 하자 두려웠던 것이다.

성충은 간수에게 부탁했다.

"나에게 지필묵을 가져다 다오."

지필묵을 받은 성충은 상소문을 썼다.

충신은 죽음에 임해서도 임금을 잊지 못하는 법입니다. 마지막으로 한 말씀 아뢰고 죽겠습니다.

신이 국제 정세를 살피건대 반드시 국난이 닥쳐옵니다. 무릇 군사를 쓰는 법이란 반드시 그 지형을 잘 골라야 하는 것이니 수전에서는 강의 상류에서 적을 공격해야 승리할 수 있는 법입니다.

만약 다른 나라 군사가 우리 백제를 공격해 오거든 육로로는 탄현을 넘지 못하게 하고, 수군은 기벌포 언덕에 들어서지 못하게 해야 할 것입니다.

피맺힌 상소문이었다. 마지막으로 안간힘을 쓰는 느낌이었다. 탄현은 오늘날의 대덕이고, 기벌포는 금강 입구였다. 하지만 이 상소문은 백제 의자왕에게 전달도 되지 않았다. 오히려 간신들이 성충을 매도했다.

"폐하, 성충은 옥에서도 되지 않은 이설을 날리고 있습니다. 나라를 혼란에 빠뜨리려는 것이 분명합니다."

"맞습니다. 불안을 조성해서 적에게 이롭게 하려는 것

입니다."

입이 여러 개면 쇠도 녹인다고 했다. 의자왕은 간신배
들의 말을 따랐다.

"감히 나를 능멸한 성충의 목을 베어라!"

그는 성충을 내다가 목을 베어 참하도록 명령을 내리고
말았다. 성충이 죽고 난 뒤 전방에 가 있던 계백은 이 소
식을 듣고 땅을 치며 통곡을 했다.

"으흐흐흑, 충신들이 하나씩 죽어 없어지다니……."

계백은 자신도 결국은 전장에서 죽으리라는 것을 본능
적으로 깨달을 수 있었다. 그때를 대비하여 자신이 지휘
하는 군사들이나마 제대로 지켜야 한다는 생각이었다.

의자왕은 그나마 충언을 하던 성충을 죽이고 나자 더욱
기세등등해졌다. 아예 신하들을 전부 자신의 아들들로
바꿔 버려야 되겠다는 생각도 했다. 공황장애를 치료하
기 위해 연회에 빠져 있던 그는 판단력까지 잃었고 이미
깊어지는 편집증으로 인해 상식적으로 납득할 수 없는 일
을 저지르고 말았다. 자신의 서자인 아들 41명을 모두 좌
평에 임명해 버린 것이다. 아들들을 신하로 두고 있으니
그 누가 간언을 할 것이며 무슨 쓴소리를 할 것인가. 백제
는 이렇게 멸망을 향해 서서히 나아가고 있었다.

드디어 운명의 날이 밝았다. 660년 6월 무열왕이 된 김

춘추는 5만의 군사를 동원했다. 당나라는 20만을 보내 주겠다고 약속했지만 13만 명의 군사를 배에 태워 서해 바다를 건너보냈다. 한참 비가 내리는 장마철 백제군이 정세 파악을 하고 있지 못할 때 어둠의 손길처럼 군사들은 서서히 백제의 숨통을 조이기 위해 모여들고 있었다. 김유신은 그들의 맨 앞에 서서 백제를 침범하였다. 성충의 간언이 있었지만 탄현은 무방비로 열리고 말았다. 탄현을 넘어오면서 김유신은 무릎을 쳤다.

"어허, 성충이 죽어서 정말 다행이야. 이곳을 만약 의자왕이 지켰다면 우리는 당나라와의 약속을 지키지 못할 뻔했어."

사실 당나라로서는 지리도 알 수 없고 익숙지 않은 사비성을 침범하는데 신라군의 도움이 필요했다. 그들이 와서 안내를 해 줘야 하며 안팎으로 쳤을 때 당나라 군사들의 손실이 줄어들 것이기 때문이다. 소정방은 출정하기 전 당고종에게 밀명을 받았다.

"그대가 가서 싸우는 척은 하되 주로 싸움은 신라와 백제군들이 육지에서 싸우게 하시오. 그대는 강을 통해 올라가서 시위나 하고 겁을 주면 될 것이오."

"잘 알았사옵니다."

교활한 소정방은 자신의 군사들을 축낼 마음이 별로 없

었다. 그렇기에 김유신의 군대에게 모든 것을 떠넘길 작정이었던 것이다.

이것을 모를 리 없는 김춘추와 김유신이었다. 만일 자신들이 먼저 가서 전세를 유리하게 이끌지 못한다면 소정방은 군사를 철수시켜 버릴 수도 있었다. 그리고 그 모든 책임은 신라군에게 돌리고도 남은 자들이었다. 그렇기에 김유신은 탄현을 넘어오면서 무릎을 쳤던 것이다. 이곳에서 지체되어 넘어가지 못하고 지지부진하게 지구전을 벌였더라면 결국 당나라의 군사들은 다시 돌아가 버릴 것이고 그들이 평생을 꿈꿔 왔던 대업은 이룰 수 없게 되었다.

백제를 총공격하는 신라군의 기세는 실로 무서웠다. 탄현을 넘어온 뒤 그들은 성 하나하나를 공략해 나가기 시작했다. 신라군의 파죽지세에 백제군은 힘없이 밀려 나갔다. 이 소식은 사비성으로 빠르게 전해져 우왕좌왕하는 가운데 왕과 대신들은 전쟁 준비를 하고 있었다.

"어찌하면 좋단 말이냐?"

의자왕은 취기에서 깨어나자마자 부들부들 떨리는 손으로 신하들을 소집했다. 하지만 누구도 좋은 방도를 내지 못했다. 이때 홍수가 나섰다.

"지금이라도 늦지 않았습니다. 날랜 군사를 보내 당나

라 군대가 백강을 건너지 못하게 하옵소서. 그리고 신라군은 탄현을 통과하지 못하게 하시옵고 폐하께서는 성에 들어가 적군의 물자와 군량이 떨어지고 군사들이 지칠 때까지 대치하시다가 역습을 하면 이길 수 있을 것입니다."

그것은 성충의 의견과 같았다. 하지만 그대로 시행하게 된다면 성충을 음해했던 신하들은 역으로 죄를 뒤집어쓰게 되었다.

"아닙니다, 홍수가 오랫동안 귀양살이를 해서 지금 우리 백제를 위해 진정 좋은 방도를 내줄 리 없습니다."

"맞습니다, 홍수도 성충과 한통속입니다."

병법의 병자도 모르는 자들이 일제히 입을 열었다.

"차라리 당나라 군사들을 백강으로, 신라 군사를 탄현으로 오게 하면 방심을 할 것입니다. 그때 틈을 타 군사를 풀어 공격하는 게 상책입니다."

그것은 그저 성충과 홍수의 의견에 반대하기 위한 의견에 불과했다. 나라의 운명이나 백성들의 안전은 그 와중에도 고려의 대상이 아니었다. 이렇다 할 뾰족한 대책을 내놓을 수가 없었다. 이토록 외적에게 포위되어서 국가가 존망의 위기에 처한 적이 없었기 때문이다. 그러는 동안에도 애써 얻었던 성들은 추풍낙엽처럼 신라군에 의해 떨어져 나갔고 김유신은 놀라운 승전보를 알리며 무서운 기세로 사비성을 향해 압박을 해 오고 있었다. 당나라 군사들은 약속한 날짜에 맞추어 이미 바다를 덮을 것처럼 배를 몰고 와 백강의 하구에 상륙해 있는 상황이었다.

다행히 백강 어귀에는 배를 잘 타고 물길을 능하게 다룰 수 있는 백제의 수군이 있었다. 백제는 그나마 수군의 능력이 뛰어났다. 해양 제국에 걸맞는 수군들이었기 때문이다.

탐색전이 이내 벌어졌다. 소정방은 백제의 수군들을 얕잡아 보았다. 세력이 작고 힘이 없어 보였기 때문이다. 그러나 1차 전투는 당나라군의 패배였다. 빠르고 기민하고 물길을 잘 아는 백제 수군들은 물때가 들고나는 것에 맞춰 공격하여 작은 승리를 거두었던 것이다. 배 몇 척을 태워 먹고 나자 소정방은 고민을 시작했다.

"신라군들이 공격을 왜 하지 않느냐?"

"지금 백제군과 본격적으로 싸우려고 하고 있다고 합니다."

"빨리 백제군을 섬멸하고 와야 우리가 도움을 받을 것이 아니냐?"

몇 차례 국지적인 전투에 소정방은 백강 안으로 들어올 수가 없었다. 입구를 막고 있는 백제 수군의 저항이 만만치 않았기 때문이다. 결국 소정방은 꾀를 내기 시작했다.

교란책을 쓰기로 한 것이다.

"말들을 내려라!"

배에 싣고 온 기마병들을 끌어내렸다. 그들은 사실 사비성을 공략할 때 신라군과 함께 싸우려고 했던 병력이었다. 이렇게 초창기부터 쓰게 될 줄은 소정방도 알지 못했다.

"너희들은 육로로 가서 강 상류를 공략해라!"

"예!"

기병 5백 명은 파죽지세로 강 어구를 막고 있는 백제 수군들을 우회해서 강을 따라 북쪽으로 올라갔다. 이 사실은 백제 수군들에게 바로 알려졌다.

"저들이 육로를 달리고 있단다. 우리도 올라가서 진로를 막아야 한다."

전력을 다해 입구를 막아도 될까 말까 하던 상황에서 백제 수군은 둘로 나뉘었다. 이것이 패착의 원인이었다. 사실 육로를 공격할 것 같던 기병들은 견고하게 입구를 막고 있던 백제 수군을 흩어 놓기 위한 미끼였다. 백제 수군이 군사력을 나누어 상류를 향해 돛을 올리고 빠져나가는 것을 염탐한 소정방은 비로소 출격 명령을 내렸다.

"자, 이제 공격이다."

소정방의 군대들은 남아 있는 백제의 수군들을 야습했

다. 대비는 하고 있었지만 중과부적(衆寡不敵)이었다. 강 입구를 막고 있던 백제 수군들은 무참히 깨져 나갔다. 거칠 것 없이 소정방의 당나라 수군은 백강을 거슬러 오기 시작했다. 뒤늦게 속임수임을 알고 내려와 진을 친 백제 수군은 이미 상대가 되지 않았다. 결국 부족한 병력을 반으로 쪼개는 바람에 지형적인 이득이나 유리함도 아무 소용이 없었다. 압도적인 군사력 앞에 백제의 수군은 지리멸렬(支離滅裂)하게 무너지고 말았다. 그리고 황급히 육지로 피신했을 때는 속임수를 쓰고 돌아가던 기병들이 달려와 백제 수군을 덮쳤다. 이처럼 백강 서쪽은 아비규환이 벌어졌다.

훗날 이 이야기는 전설로 남았다. 강물이 너무 거세 당의 군대가 진입하지 못하자 강물에 있는 용이 방해했다는 말을 들은 소정방이 백마를 미끼 삼아 용을 낚아 강물을 잠재웠다는 이야기였다. 기병을 이용해 백제 수군을 흩어 놓고 그들을 제압한 것은 소정방의 놀라운 지략이었다.

전세가 이렇게 불리해질 때 김유신은 무사히 탄현을 넘고 황산벌을 향해 진군을 했다. 각 성에서 밀려온 백제 군사들은 결국 나성 안쪽으로 넘어와 사비성에 집결했다. 의자왕은 비틀거리는 몸으로 군사력을 점검했다. 사비성 안에 있는 군사는 고작 1만 명 남짓이었다. 결국 이곳에서 최후의 일전을 준비해야 했다. 의자왕은 용장 계백을 불렀다.

"경에게 나라의 운명이 달렸소."

오래 전부터 보아온 계백도 약간 나이를 먹었다. 40이 넘은 계백의 머리에는 백설이 내려 있었다.

"폐하! 목숨을 걸고 나라를 지키겠습니다."

"어찌하면 좋겠소?"

계백은 작전을 세웠다.

"지금 모여 있는 군사들은 우리 백제의 마지막 군사들입니다. 이들의 반은 나성과 사비성을 지키도록 하고 오천 명을 추려 결사대를 만들겠습니다."

뒤늦었지만 흥수의 의견을 받아 절충안을 만든 거였다.

"저들은 오만 명이라는데 오천의 군사를 가지고 되겠소?"

제정신이 돌아온 의자왕이 불안한 얼굴로 물었다.

"전쟁은 숫자로 하는 것이 아닙니다. 기세로 누르는 것이기에 제가 가서 목숨을 걸고 싸우면 신라군을 능히 막아 낼 수 있을 것입니다. 신라군을 저지하여 우리가 버틸 수만 있다면 당나라 소정방의 군사들도 신라군의 도움을 받지 못해 결국 돌아갈 것입니다."

잘만 되면 원대한 계획이었다.

"그대로 하시오."

결국 계백은 추리고 추린 군사 5천 명을 이끌고 사비성을 나서기로 했다. 나머지 5천 명은 나성 안에서 왕을 지키는 역할이 주어진 것이다. 비장한 각오로 계백은 동쪽 황산벌을 향해 출정 준비를 했다. 자신의 고향이기도 하고 지형지물을 잘 아는 그곳에서 신라군과 마지막 일전을 겨루기 위한 것이었다.

5천의 결사대

"이제, 당나라의 군사들이 바다를 건너오고 있다. 태자는 가서 그들을 정중히 맞이하도록 하라."

백제 침공이 있기 전 무열왕은 태자인 법민을 직접 보내 소정방을 덕물도에서 영접하게 하였다. 그들은 그곳에서 힘을 합쳐 사비성을 공격하기로 약조를 하고 작전계획을 세밀히 짰다. 7월 15일 사비성에서 만나 공격하기로 약속을 했다.

"제가 맨 앞에 서겠습니다."

김유신이 선봉을 자처했다. 장군 품일과 김흠춘은 진지의 맨 앞에 있었다. 계백의 친구였던 품일은 어느새 신라군의 정예부대를 이끄는 입장이 되어 있었다. 그의 아들인 관창도 참전했다. 아직 나이는 어리지만 실전 경험을 기르는 것이 중요함을 품일은 알기 때문이었다.

"적군의 장수 가운데 하나인 계백은 과거 내가 무예를 닦으며 낭도 생활을 할 때 알던 친구였느니라."

관창에게 품일은 과거를 회상하며 말했다.

"이번 전쟁에서 필히 그를 만날 것이다. 어디에서 어떻게 만날지는 모르지만……."

"계백은 어떤 장수이옵니까?"

"그 사람의 무예와 높은 내공은 따를 자가 없다. 지금쯤은 아마 그 신공이 더욱 세졌을 것이다."

품일은 두려웠다. 계백 같은 장수들이 많다면 결코 백제는 쉬운 상대가 아니었기 때문이다.

"하지만 걱정 마십시오. 저도 이 한 몸 나라를 위해 바칠 각오가 되어 있습니다."

"그래, 우리 신라는 그에게 많은 빚을 졌다. 가족을 죽인 것은 큰 잘못이었어."

"싸우다 보면 그럴 수도 있지 않겠습니까?"

"그래, 하지만 그런 인물을 원한에 사로잡힌 사람으로 만든 건 안타까운 일이지."

품일은 나중에 신라 기병 7, 8기가 대나무 고개에서 몰살당했다는 사실을 소문으로 들었다. 신출귀몰한 솜씨였다는 말을 듣고 직감적으로 계백의 소행임을 알았다.

그리고 내내 계백과 언젠가는 맞닥뜨려야 함을 예감해야
만 했다.

"걱정 마십시오, 어차피 신라와 백제는 원한 관계 아니
겠습니까?"

"그렇긴 하다."

관창의 얼굴에 핀 여드름을 보며 품일은 고개만 끄덕였
다. 그런 기개가 있다면 훗날 신라를 이끄는데 전혀 지장
없는 동량으로 클 것이라 믿었기 때문이다.

이때 백제의 사비성을 출발할 준비를 하고 있는 계백은
많은 것을 챙겨야 했다. 남겨 놓을 5천 명과 결사대 5천
명을 구분하는 일이 큰일이었다. 가장 용맹한 군사들 5
천 명을 가려 뽑는 일은 그의 부하인 검니가 주로 많이
했다. 신체 상태와 나이를 보아 젊고 강한 자들을 가려 5
천 명의 결사대에 집어넣는 것이었다.

바람 앞의 촛불 같은 백제의 운명에서도 결사대가 응집
력을 보인 것은 단연 계백의 확고한 신념 때문이었다. 그
의 언행일치와 솔선수범은 많은 군사들에게 용기와 희망
을 주는 것이었다.

"우리는 결사대다. 신라의 원수 놈들을 무찌를 수 있
다. 우리가 저들을 막아 내고 궤멸시키고 나면 아무리 당
나라 군사가 강물을 통해 올라온다 해도 우리가 막아 낼

수 있을 것이다. 그것을 믿느냐?"

"믿습니다!"

군사들은 모두 힘차게 외쳤다. 결사대의 사기는 이처럼
하늘을 찌르는 것 같았다.

하지만 이면으로는 살아 보겠다고 도망가는 자들도 없
지 않아 있었다. 특히 그러한 현상은 백제 지도층의 동요
에 의해 나타나고 있었던 것이다. 계백은 연일 출전 준비
를 하며 사비성 안의 정세를 보고받았다.

"장군, 좌평 욱일이 가족을 데리고 도망을 갔다 하옵니
다."

"정말이냐?"

"예, 출전하라고 찾아가 보았더니 집이 텅텅 비어 있었
습니다."

백제의 지배 계층인 귀족들의 행태가 이러하자 백성들
은 동요가 일었다. 귀족도 지키지 않으려는 나라를 과연
지켜야 될 가치가 있는가 의문이 많이 들었기 때문이다.

계백은 사기 진작을 위해 뭔가 결단을 내려야 할 필요
가 있음을 깨달았다. 자기 자신부터 죽음을 각오한다는
것을 보여 주어야만 했다. 계백은 출전하기 전날 깊은 시
름에 잠겼다. 폭풍 전야라고 할까, 전령들은 연일 쫓아와
신라군의 진군 상황을 미리 알렸다. 홍수가 충언한 대로

탄현을 막지 못하여 신라군은 아무런 저항 없이 넘어와 백제 진영으로 파죽지세의 기세로 다가오고 있었다. 기마전에 능한 계백으로서는 황산벌에서 그들을 맞아 목숨을 건 일전을 치러야 함을 깨달았다.

달이 서서히 살쪄 오르는 밤하늘을 보며 계백은 검니와 이야기를 나누었다.

"내가 전투에 나가면 살아남을 것 같으냐?"

검니로서는 대답하기 어려운 일이었다.

"장군, 죽기를 각오하고 장군을 보필하겠습니다."

검니는 그의 오른팔과 같은 충성을 맹세하는 부장이었다. 그의 아버지가 멀리 백제의 강역 가운데 하나인 검니국에서 온 자였다. 원래 조상은 백제의 왕족이라고 했는데 검니국이 행정구역의 하나인 담로로 인정받자 성을 검니로 한 거였다. 검니국은 백제의 강역인 22담로 가운데 하나로 오늘날의 보르네오 섬에 해당했다. 그곳에서 살던 검니의 조상 귀족들은 본향인 백제에 꼬박꼬박 후손을 보내 왕자 수업을 시켰다. 검니도 그 사람 가운데 하나였다. 그의 이가 검게 된 건 바로 낳을 때부터 검은 게 아니라 고향인 보르네오에서 전해 온 후추나무 열매를 늘 씹고 다녀 착색이 되어 검은 거였다. 물론 그는 현지인 피도 섞여 까무잡잡한 피부를 가지고 있기도 했다.

"고맙다, 저렇게 민심이 동요하고 싸워 보기도 전에 도 망을 치고 있는 상황이니 나도 결의를 보여 줄 수밖에 없 는 상황으로 가고 있다."

검니는 그게 무슨 뜻인지 알지 못했다.

"무슨 말씀이시옵니까?"

"살신성인이라고나 할까!"

검니는 계백의 그 어려운 말뜻을 이해하지 못했다. 하 지만 뭔가 계백이 대단한 결심을 했다는 사실을 느낄 수 있었다.

동쪽 하늘이 희뿌옇게 밝아 왔다. 꼬박 밤을 샌 계백은 측근들 몇 명을 데리고 진영을 나섰다. 해가 뜨면 모두 다 나성을 벗어나 신라군을 향해 나아가 싸워야 하기 때 문이다. 계백은 검니와 몇몇 부하 장수들을 데리고 조용 히 병영을 빠져나와 사비성 정림사 쪽으로 향했다.

"집에 잠깐 들러야겠다!"

긴밀히 집안에 가서 가족을 한 번 보고 오려는 것인 줄 알고 검니와 부하 장수들은 그를 묵묵히 수행했다. 이윽 고 계백은 자신의 큰 기와집 앞에 말을 세웠다. 말소리가 나자 안에서 관솔불을 들고 종들이 나와 대문을 열었다. 그는 계백을 알아보고 꿇어 엎드려 절을 올렸다.

"나으리, 오셨습니까."

"그래, 그동안 수고가 많았구나."

사비성에 있으면서도 계백은 한 번도 집에 들어간 적이 없었다. 나라가 위태로운 지경에 가족을 생각할 여유가 없었기 때문이다. 그의 아내와 가족들이 자다 일어나 밖으로 나왔다.

"오셨습니까?"

모두들 계백을 맞이했을 때였다. 계백은 잠이 덜 깬 아이들과 아내를 바라보며 비장하게 말했다.

"지금 우리나라가 당나라와 신라의 침범을 받아 곧 멸망할 지경에 이르렀다. 내가 지금 결사대를 이끌고 나가 신라군을 맞아 싸울 것이지만 살아 돌아온다는 보장이 없다!"

"……."

그 말을 듣자 계백의 아내는 말없이 눈물을 흘렸다. 그리고 아직 어린 아이들도 잠에서 덜 깬 채 찾아온 아비가 반가워도 내색은 하지 못하고 한쪽 구석에 서 있었을 뿐이다.

"내가 패배하면 이 사비성도 무너질 것이고 백제는 신라군의 수중에 들어간다. 남자들은 모두 죽임을 당할 것이고 여자들은 저들의 노리개가 된다. 그리고 어린 너희들은 아마 당나라로 팔려 가거나 노비로 쓰이게 될 것이다. 살아서 그런 굴욕을 당하느니 내 손에 너희들을 죽이고 가는 것이 낫다는 생각으로 왔다!"

죽인다는 말을 듣자 아내는 온몸을 떨기 시작했다. 곁에서 이를 듣고 있던 검니와 수하들도 얼어붙었다. 사시나무 떨듯 떠는 아내의 겁먹은 얼굴을 바라보며 계백은 조용히 차고 있던 칼을 뽑았다. 칼도 슬픔을 알았는지 스르릉 슬프게 울며 검광을 발했다.

"자, 장군!"

아내는 눈물을 흘리며 그 자리에서 무릎을 털썩 꿇었다. 계백의 품성을 너무나 잘 아는 그녀로서는 선택의 여지가 없음을 알았다. 이대로 죽을 수밖에 없었다. 아이들이 불에 덴 것처럼 울기 시작했다.

"으앙, 아버님이 무서워요, 어머니!"

어미의 품속에 안기며 아이들이 한 덩어리가 되었다. 계백은 약해지려는 마음을 독하게 가다듬었다. 이제 칼을 내리치면 가족들은 모두 그의 손에 죽는 것이다. 자기의 분신이며 영혼을 나눠 주었던 자식과 아내를 죽여야 하는 비참한 심정에 이를 악물었다. 국운이 쇠하자 개인의 행복과 불행은 아무 의미가 없는 것이었다. 그의 칼이 허공에서 부르르 떨 때였다.

"장군, 칼을 거두십시오!"

그때 검니가 양팔을 벌리고 막아섰다.

"비켜라, 이 길밖에 없느니라."

"장군, 이 일은 소장에게 맡기십시오."

"무슨 소리냐?"

"장군은 지금 결사대를 이끌고 나가야 할 분입니다. 군
사들에게 장군의 결의를 보이려는 것은 잘 알겠습니다.
그 충성의 마음은 분명 결사대에게 전달될 것입니다. 하
오나 가족의 피를 묻히면서 어찌 평정심을 유지하겠습니
까?"

"……."

"국가의 대사가 장군 한 사람의 어깨에 얹혀 있습니다.
이럴 때일수록 장군은 냉정함을 잃지 않으셔야 합니다.
가족을 직접 처단하시면 그 마음에 흔들림이 있을까 저
어됩니다."

"그래서 어쩌란 말이냐?"

"명령을 내리시면 제가 하겠습니다!"

검니는 허리에 찬 중간 크기의 패도를 뽑으며 말했다.
검광이 반월처럼 번득였다. 충성스런 검니였다. 자신이
나서서 대신 칼에 피를 묻히겠다는 거였다. 진정한 충성
심 없이는 할 수 없는 일이었다.

계백은 눈을 질끈 감았다. 말없이 칼을 꽂고 중문을 거

쳐 대문으로 나섰다. 승락의 표시였다. 자신의 백마에 오를 때 집안에서 애끓는 비명 소리가 났다.

"아악!"

말에 오른 계백은 귀를 막았다. 하지만 막은 틈으로 사랑하는 아이들의 비명 소리와 아내의 절규 소리가 생생히 파고 들어왔다. 으스러져라 이를 악문 계백은 말머리를 돌려 결사대 본진을 향해 달려갔다. 이른 새벽 사비성 대로는 계백이 달려가는 말발굽 소리만 고즈넉이 울려 퍼졌다. 이윽고 계백의 가족을 처단한 검니와 그의 부하 장수들이 그 뒤를 따랐다. 검니의 온몸은 피투성이였다. 그의 눈에서는 뜨거운 눈물이 흘렀다. 주군을 대신하여 주군의 가족을 처치한 부하 장수라면 그 역시도 전쟁에서 반드시 죽어야 하기 때문이다.

어느새 따라와 곁에서 묵묵히 말을 달리는 검니의 얼굴을 계백은 보았다. 그의 얼굴에는 점점이 피가 아롱져 흐르고 있었다. 말없이 계백은 고개만 끄덕였다. 스스로 가족을 죽이지 않게 해 준 부하 검니의 진정한 충성심을 느낄 수 있었기 때문이다. 이제 홀가분하게 싸우다 죽을 수 있겠다는 생각을 하는 계백이었다.

계백이 돌아와 막사에 들어앉자 5천의 결사대에 이 사실이 금세 알려졌다.

"장군이 가족을 모두 목을 벴다네."

"그게 정말이야. 어이구, 이런 끔찍할 수가……."

그 소문은 이내 온 결사대에게 뜨거운 피가 되었다. 가족까지 죽이고 배수진(背水陣)을 친 그 마음이 전이되었던 것이다. 펄펄 끓는 피는 5천의 결사대에게 무한한 원한과 에너지로 넘쳐나기 시작했다.

"싸우자! 싸우자! 싸우자!"

"이기자! 이기자! 이기자!"

병영 곳곳에서 이제 막 아침을 맞이한 그들은 뜨거운 눈물을 흘리며 뼈저린 결의를 불살랐다. 함성은 들불처럼 번져 5천의 결사대 마음에서 공명을 일으켰다. 창을 든 자는 창을 땅바닥에 찧으며, 발을 구르며 목숨을 바쳐 신라군에게 저항할 것을 결심했다. 밝아 오는 붉은 햇살이 부하 군사들의 얼굴을 핏빛으로 물들이는 것을 보며 계백은 핏발 선 얼굴로 병영 막사를 나왔다. 부하 장수들은 모두 그 앞에서 일사불란하게 군례를 했다. 온몸에 소름이 돋으며 자신의 가족을 처치하고 온 계백 앞에서 그들은 자신들도 이 싸움에서 살아남을 수 없음을 깨달았다. 차라리 죽기를 결심하자 그들의 마음과 몸은 오히려 홀가분해지는 것이었다.

"소와 돼지를 잡아 군사들을 배불리 먹여라, 곧 출정할 것이다."

계백의 입에서 명령이 떨어졌다. 북소리가 울리며 병영은 황급히 활기를 띠었다. 곳곳에 솥을 걸고 군사들은 모두 주린 배를 채웠다. 식사를 마친 군사들이 전열을 갖추고 대오를 정비하자 떠오르는 해는 중천을 향해 달려가며 뜨거운 열기를 발산하고 있었다. 어제까지 내리던 비가 그치자 구름 사이로 언뜻언뜻 햇살이 비쳤다. 암울했던 마음이 밝아지는 느낌이었다. 사비성을 나서는 선두부터 보무도 당당히 성문을 빠져나갔다. 길가에 있는 백성들은 모두 그들을 환송해 주었다.

"살아 돌아오시오!"

"꼭, 이기소서!"

남은 5천 명의 군사들도 사비성을 방어하며 그들이 반드시 성공하고 돌아오기만을 애타게 기원했다. 성문을 빠져나가는데도 한참의 시간이 걸렸다. 기마병과 함께 보병들이 다 빠져나갔을 때는 이미 정오가 가까웠다.

서둘러 출발한 그들은 그날 밤이 될 무렵에 황산벌에 자리를 잡았다. 아직 신라군은 다가오고 있지 않았다. 비가 내리다 그친 벌판은 온통 습기가 가득했고 땅은 뻘처럼 진흙밭으로 질퍽거려 사람의 발목을 붙잡고 놓지 않았다. 신라군 역시 주력이 기병임을 잘 알고 있었다. 황산벌의 지형을 잘 아는 계백으로서는 낮은내 부근으로 적들을 유인하는 것이 옳다고 생각했다.

"지금부터 작전을 짜겠다."

병영 안에서 계백은 밤새 작전을 짰다.

"신라군은 우세한 군사력을 총동원해 쳐들어오지 못할 것이다. 우리가 오천인 것을 알고 처음에는 그 정도의 군사들을 보낼 것이다. 그들 오천 정도는 우리가 멸살시킬 수 있다."

백제 마지막 장군인 계백의 신묘한 작전은 그때부터 발휘되었다.

"어찌하여 그렇다는 것입니까?"

좌평인 충상과 상혁이 물었다.

"이곳 낮은내는 얼핏 보면 단단한 땅인 것 같지만 이런 장마철에는 물들이 스며들어 땅속은 사실 질퍽하다. 신라의 기병들이 우리를 쫓아올 때 이곳으로 유인만 하면 우리는 그들의 목을 쉽게 칠 수 있을 것이다."

지형을 잘 알고 있다는 것은 이미 반은 이기고 들어가는 것이었다. 어린 시절 이곳에서 말 달리며 놀다 발이 빠져 고생했던 기억이 있는 계백만이 세울 수 있는 작전이었다.

"보병을 보내서 잠시 격전을 벌이다 이곳으로 퇴각하

면 저들은 우리를 얕보고 쳐들어올 것이다. 그때 세 군데에 우리 군사들이 매복하고 있다가 저들을 칠 것이다. 천명씩이면 충분하다. 수렁에 빠져서 말들이 헤어 나오지 못할 때 우리가 공격하여 그들의 목을 치는 것이 첫 번째 작전이다."

다시금 밥솥을 걸고 군사들을 배불리 먹였다. 이윽고 척후병들이 보고를 보내왔다. 숨 가쁜 보고의 내용은 드디어 김유신이 이끄는 신라군이 황산벌 동쪽에 자리를 잡았다는 거였다. 계백은 언덕으로 올라가 신라군들의 진 짜는 것을 보았다.

"음, 정말 오만 명 정도는 되는구나. 신라가 총력을 기울였구나!"

계백은 만감이 교차했다. 그동안 젊어서부터 청운의 뜻을 품고 무장으로서 입지를 다져 왔던 모든 결과물이 이번 싸움에서 집약되어 운명이 갈리기 때문이다. 문득문득 저세상 사람 된 가족들의 얼굴이 떠올랐지만 계백은 그들을 잊으려 애썼다. 그리고 부끄럽지 않은 아비, 부끄럽지 않은 남편으로서 목숨을 바치는 것이 자신의 이름을 청사에 길이 남기는 것임을 그는 알았다.

사흘 뒤, 신라군은 황산벌에서 백제의 결사대와 정식으로 대치했다.

"둥둥둥둥!"

북소리가 나며 진군 명령이 떨어지자 계백의 결사대와 신라의 선봉군은 황산벌에서 맞붙었다. 역시 기세등등한 신라군들은 계백의 결사대인 5천의 기병대를 깔보았다.

"단번에 깔아뭉개라!"

무열왕 김춘추가 눈에 핏발 선 채로 명령을 내렸다. 하지만 김유신은 이 명령을 쉽사리 받아들이지 않았다. 독기를 품은 계백의 결사대의 비장한 진법을 보았기 때문이다.

"저들은 지금 모두 죽겠다고 각오를 한 자들입니다. 섣불리 건드렸다간 쉽지 않을 것입니다."

"하지만 이대로 대치하고만 있을 수는 없소. 앞으로 엿새 후면은 사비성에서 당나라군과 만나야 하오. 빨리 처분해야 하오."

"녹록치 않을 것입니다."

"첩자에 의하면 사비성도 오천 정도가 지킨다는데 대개 오합지졸이라 하오. 그러니 저들 결사대만 깨면 사비성은 우리 손안에 들어올 것이오. 내가 이날을 얼마나 기다렸는지 모르오."

사위와 딸의 원수를 갚고 싶은 일념뿐인 무열왕의 염원

은 꺾을 수 없는 것이었다. 김유신도 더 이상 만류할 수 없어 진군 명령을 내렸다.

"중군이 먼저 진군하라!"

장거리 이동으로 지친 신라군은 그래도 이들 결사대만 격파하면 전쟁이 끝난다는 생각이었다. 계백의 결사대도 창과 칼을 들고 황산벌에서 신라의 기병과 맞붙었다. 땅을 울리는 말발굽 소리와 함께 양측의 군사들은 맞부딪혔다. 순식간에 벌판에는 창칼이 맞물리는 소리와 함께 비명과 아비규환의 지옥도가 연출되었다. 백제군들은 신들린 군사들 같았다. 일당백의 기상으로 미친 듯 창을 휘두르고 닥치는 대로 찔렀다. 시간이 경과하자 전세는 신라군이 밀리는 형국이었다. 하지만 갑자기 백제군은 급격히 대오가 무너지기 시작했다. 무슨 일인지 슬금슬금 물러서더니 말꼬리를 보이며 도망치기 시작했다. 저 멀리 백제 진영에서 퇴각의 북소리가 울렸다.

그때까지 밀리던 신라군은 영문을 알 수 없었다. 갑자기 백제군이 후미를 감추고 도망갔기 때문이다. 본능적으로 김흠춘 장군은 추격 명령을 내리게 되었다.

"저들을 무찔러라!"

5천 명의 신라군은 그제야 기가 살아 백제군을 뒤쫓아 질풍노도처럼 달렸다. 기병이 앞장서고 그 뒤를 보병이 달려갔다. 백제의 기병들은 어디로 갔는지 사라지고 보병들만 허둥지둥 잡풀 사이로 스며드는 것이 보였다.

"모두 짓밟아라!"

기병을 이끄는 선두 석문 장군의 명령으로 군사를 태운 말들이 낮은내로 진입했을 때였다. 갑자기 말들의 주파 속도가 느려졌다. 물컹거리며 말발굽이 진흙밭에 빠지기 시작했다.

"아니, 이곳은 습지다!"

말들이 제대로 뛰지 못했다. 보병들은 습지여도 가벼웠기에 달려 나갔지만 며칠 동안 비가 개어서 살짝 겉면만 마른 벌판은 온통 수렁이나 마찬가지였다. 말발굽이 닿는 곳마다 움푹움푹 파이며 말들이 뛰지를 못하는 것이 아닌가.

"잠깐 멈추어라. 기병이 달리지 못한다."

하지만 때는 늦었다. 오른쪽과 왼쪽 산에 매복해 있던 백제군 궁수들이 일제히 나타나 함성을 지르며 화살을 비 오듯 날렸다. 화살이 말이건 사람이건 무차별로 날아와 닥치는 대로 꽂히며 피해를 속출해 당황하고 있는 순간 언덕배기에서 백제의 기병들이 나타났다. 그들은 번개처럼 치고 내려와 닥치는 대로 찌르고 베었다. 매복한 채 때만 기다리던 그들이었기에 단기필마의 복장으로 빠르게 달려와 신라군들을 궤멸시켰다. 낮은내 계곡은 순식간에 시체들의 더미가 되었다. 태반은 신라 군사였다. 그들을 이끌던 김흠춘이 퇴각 명령을 내렸다.

"퇴각하라, 퇴각하라!"

허둥지둥 낮은내를 빠져나온 신라 군사들은 5천의 기병과 보병이 들어갔지만 1천여 명의 시체를 남기고 빠져나왔다. 백제군은 첫 싸움에서 이렇게 큰 승리를 거두었다.

"만세, 만세!"

백제군의 함성에 기가 질려 신라군은 꽁지가 빠지게 본진으로 돌아갔다. 백제군은 함성을 지르며 기뻐했다.

그날 밤 대장의 천막에서는 부하 장수들과 막료들이 계백의 놀라운 작전에 모두 경의를 표했다.

"장군의 신묘한 계책은 놀랍기만 합니다."

"경하드립니다. 우리 백제의 미래가 보이는 듯합니다."

"신라군은 숫자만 많았지 겁쟁이들 뿐이었습니다."

계백은 그러나 하나도 기쁘지 않은 표정이었다. 본격적인 전투는 이제 시작이었기 때문이다.

이때 신라 측은 완전히 기선이 제압되고 말았다. 부상병을 치료하며 김유신과 무열왕은 군사들을 독려하기 바빴다. 생각보다 결사대가 강하다는 사실이 충격으로 다가왔다.

"적장은 도대체 누구냐?"

김유신이 측근에게 물었다.

"계백이라 하옵니다."

김유신은 젊고 나이가 어린 계백이지만 5천 명의 군사들을 수족처럼 부리는 것을 보고 경탄하지 않을 수 없었다. 전장에서 잔뼈가 굵은 김유신이지만 계백이 훌륭하다는 것을 느끼고 있었다.

"훌륭한 장수다. 그에 대해 아는 자가 없느냐?"

그때 품일이 나섰다.

"장군, 제가 소싯적에 그를 만난 적이 있습니다."

"오, 그런가? 어떤 자인가?"

"강직할 뿐 아니라, 충성심이 무척 강한 자이옵니다. 무예는 하늘 아래 당할 자가 없을 듯합니다."

"음, 정말 훌륭한 장수다."

"게다가 들리는 소문에 의하면 가족들을 모두 직접 처단하고 이 싸움에 나왔다고 합니다."

"그게 정말이냐?"

김유신은 그게 무슨 의미인지 알았다. 가장 사랑하는 존재를 직접 죽여야 하는 심정은 자신도 이미 경험한 적이 있었기 때문이다.

젊은 시절 그는 하늘에 제사 지내는 여인인 천관과 정

분을 나눈 적이 있었다. 그녀의 영민함에 반해 자주 드나들며 정분을 쌓는다는 사실을 알게 된 어머니 만명 부인에게 꾸중을 들었다. 화랑의 신분으로 그런 여인과 사적인 관계 맺는 것이 타당하지 않다는 지적이었다. 그 뒤 김유신은 천관의 거처에 일절 발길을 하지 않았다. 하지만 어느 날 잔치에 초대되어 만취한 그가 말을 타고 졸았다. 말은 늘 가던 대로 천관의 거처로 향했다.

"낭도께서 오셨군요."

인기척에 천관이 반색을 하며 뛰어나왔다. 그러자 술에서 깬 김유신은 당황하지 않을 수 없었다. 어머니와 철석같이 약속한 일이 생각났기 때문이다. 그리고 말이 알아서 올 정도였으니 자신이 그동안 얼마나 이곳을 많이 왔으면 이랬을까 하는 무안한 생각이 들었다.

"일개 말까지 나를 능멸하는구나!"

말에서 내린 김유신은 그 자리에서 칼을 뽑아 말의 목을 베고 말았다. 그리고는 뒤도 돌아보지 않고 집으로 향했다. 뒤에 남은 천관만 구슬프게 울었다.

"나리! 차라리 이년의 목을 치시오. 어찌 화랑으로서 분신이나 다름없는 말을 죽이십니까?"

하지만 천관도 몰랐다. 사랑하는 여자를 끊어야 하고 그러기 위해 사랑하는 애마를 죽인 김유신의 눈에서도 눈물이 한없이 흘렀다는 것을…….

"이사금(尼斯今)이시여, 결사대를 무찌르는 게 결코 쉽지 않겠습니다."

김유신은 계백의 결의가 느껴져 이렇게 아뢰었다.

"하지만 도리가 없소. 어떠한 희생을 치르더라도 당의 수군과 맺은 약속을 지켜야 하오!"

무열왕은 15일 날 사비성을 공격하는 것이 가장 큰 목적이었다. 그에게 희생되는 군사들의 숫자는 중요한 의미가 아니었다. 5만 명을 다 죽이고서라도 결사대를 무찔러 사비성을 이 기회에 빼앗는 것만이 그의 평생의 숙원이었다.

부여를 향해 들어오는 길목에 능원리 고분군이 있었다. 후미코와 황일범은 그곳에 잠시 들렀다. 역시 한적한 입구에 차를 세우고 급할 것 없이 걸어 올라가는데 눈앞을 가득 채우는 것은 바로 순정한 초록이었다.

"아, 눈이 시원해지는 것 같아요."

관리를 잘 해서인지 잔디밭은 한껏 푸르름을 뽐내고 있었다. 황일범 자신도 상쾌해지는 마음을 감출 수 없었다. 오솔길처럼 포장된 길을 따라 오르며 좌우를 살폈다. 양지바른 곳에 자리한 일곱 기의 무덤은 누구의 것인지 알

길이 없었다. 백제 왕들의 무덤일 것이라는 추측만 할 뿐이었다. 앞줄 맨 끝의 무덤에만 입구가 도자기 굽는 가마처럼 길게 터널을 이루고 있었다. 사진 몇 장을 찍은 후 미코와 황일범은 의자왕과 부여융의 가묘를 본 뒤 박물관으로 들어섰다. 월요일인데도 마침 관람객들에게 설명을 해 주는 안내인을 만날 수 있었다. 중키에 약간 마른 체형의 그는 자발적으로 두 사람에게 다가왔다.

"설명 좀 해 드릴까요?"

후미코는 반색을 했다.

"네, 부탁합니다."

안내인은 무료하던 차에 잘 되었다는 듯 충청도 억양으로 설명을 시작했다.

"여기는 능산리 고분군이라고 불립니다. 사적 14호인데요. 이곳을 자세히 보시면 풍수적으로도 매우 좋은 자리에 위치했다는 걸 알 수 있습니다."

그는 이미 안내를 하도 많이 해서 일정 부분 정형화한 설명으로 이어 나갔다.

"아까 보시면 철문으로 잠가 놓은 무덤 보셨죠?"

"네."

"그걸 동쪽에 있는 아래 무덤이라 해서 동하총(東下塚)이라고 부릅니다. 무덤 가운데 주인을 알 수 없는 걸 총이라고 하지요. 이 안에 부여 지방에서는 유일한 벽화 고분이 그려져 있습니다. 이 무덤 안 네 벽에는 돌 표면에 직접 그린 사신도(四神圖)가 남아 있고 천장에는 연꽃무늬를 교차시켜서 배치했는데 그 사이사이에 구름무늬가 있지요."

전시된 사진을 보여 주며 그는 설명을 이어 나갔다.

"능산리 고분들은 사비 시대의 백제 왕족들의 묘인 것으로 추정되지만 아무런 근거가 없습니다."

후미코가 눈을 반짝이며 질문을 이어 나갔다.

"일제 때 일본 고고학자들이 이곳을 조사했습니까?"

"네, 좋은 질문입니다. 조사한 적이 있습니다. 1915년과 1917년 일본 고고학자들이 발굴해서 고분을 확인했고 네 기가 발굴되었습니다. 그리고 1965년에 다시 두 기의 고분이 발견되었는데요. 안에 이렇다 할 부장품이나 무덤의 주인을 알 수 있는 물건은 전혀 없었습니다. 워낙 오래된 옛날이고, 백제가 멸망한 게 660년이잖습니까?"

안내인의 설명은 이어졌다. 후미코는 그의 안내대로 전시물을 보며 고개를 끄덕여 깊은 관심을 보였다. 하지만 황일범은 별다른 흥미를 느끼지 못했다. 어려서부터 여러 번 와 본 곳이었기 때문이다. 오히려 그의 눈길을 끄는 건 새롭게 발견되었다는 금동향로 모조품이었다. 세

공의 극치인 금동향로의 세부 조각에 심취하는 게 과거 패배자의 역사에 관심 갖는 것보다 백배는 나은 것 같았다.

둘러본 뒤 나온 박물관 밖은 더웠다. 후미코는 깊은 감명을 받은 듯했다.

"아, 이곳에 오니까 정말 많은 걸 느끼게 되네요."

"뭘요?"

"패망한 나라의 비참함이라고나 할까요? 만일 백제가 승자였다면 이렇게 무덤의 주인이 누군지도 모르지는 않았을 테니까요."

"후후, 저는 여기 오니까 부와 권력과 명예도 다 부질없다는 생각이 들어요. 왕이거나 왕족이었을 테니 얼마나 많은 부장품을 넣고 묻혔겠어요?"

"다, 도굴되고 없는 것 같아요."

"제 생각엔 일찍이 도굴되었을 거예요. 신라 측에서 보면 패배한 나라의 과거 왕들 무덤이니까요. 누가 훔쳐가든 알 바 아닌 거죠. 왕이건 거지건 죽고 나면 끝이네요. 이름조차 못 건졌으니까요. 갑자기 제가 좋아하는 시 한 수가 생각나네요."

"아, 그러세요. 저, 시 좋아해요. 한 번 읊어 주세요!"

후미코의 그런 반응이 황일범은 약간 의외였다.

"그, 그럴까요?"

"네, 좀 어렵겠지만 감상하고 싶어요."

황일범은 시를 읊었다.

저승길 떠날 때는
노잣돈도 필요 없는 것인가

수의에는 주머니가 없다
이승의 모든 것들을

그냥 모두 둔 채로 가면 된다
그렇다 저승길 떠날 때는

그 무엇 하나
지니고 갈 것이 없다

지극한 사랑과
지독한 증오도

모두 다 내려놓고 가면 돼
그래 그렇게 가면 된다

모두들 떠난 길
그 길을 언젠가

가면 된다
이 세상에 온

그 누구도 피할 수 없는 길

-<주머니>, 강만수 시집 『無緣社會』 중에서

　시낭송을 마치고 돌아본 후미코는 어느새 눈물을 흘리
고 있었다. 어이없는 상황에 황일범은 아무 말도 할 수
없었다.

장렬한 최후

7월 10일에는 두 나라 군사들이 대치만 하고 이렇다 할 전투를 벌이지 않았다. 드디어 11일 날 아침이 되자 신라군은 두 번째 도전을 해 왔다. 하지만 이 역시도 계백은 대비가 되어 있었다. 낮은내에서 말들의 발목이 빠져 기동성이 떨어진 것을 알고 신라군이 언덕 위의 능선을 통해 공격해 오리라는 것을 예상했다.

"이번에는 능선으로 신라군이 쳐들어오게 될 것이다. 그것도 보병 위주로 올 것이야. 그러면 우리가 능선을 방어하려 할 것이니까 그때 우리의 위치가 노출되면 기병을 투입하려는 작전이다. 그러니 우리는 역으로 능선 부근에 날랜 군사들을 배치하였다가 그들의 본진이 능선을 두어 개 넘어 우리 쪽으로 왔을 때 그들의 허리를 끊는

다. 그리고 산 위에서 공격하면서 그들이 밑으로 내려올 때 기병들은 달려들어 목을 줍도록 해라."

"예!"

예상대로 신라군들은 밤늦은 시간 야습을 시도했다. 그들은 어두운 밤을 이용해 쳐들어오려 했지만 이미 하늘에는 둥근달이 훤하게 떠가고 있었다. 보름을 며칠 앞둔 훤한 달이지만 시간에 쫓기는 신라군은 초조한 마음에 야간 기습을 감행했던 것이다. 풀덤불에 위장하고 숨어 있던 계백의 복병들은 신라군들이 지나쳐 가는 것을 몰래 지켜보았다. 신라군의 보병 주력 부대가 산악을 통해 계백의 결사대 진지를 향해 다가갈 무렵 숨어 있던 백제의 복병들은 모두 함성을 지르며 그들을 포위했다.

"신라 놈들을 다 죽여라!"

복병을 만난 신라군들은 우왕좌왕하기 시작했다. 지형지물이 낯선데다가 야습을 하려 했는데 오히려 역습을 당했기 때문이다.

"한 놈도 살려 두지 말고 모두 죽여라!"

잔인한 명령이 내려졌다. 달은 점점 높은 곳을 향해 떠올랐고 달그림자 아래에서 백제군은 신라의 주력 부대를 무자비하게 살육하기 시작했다. 허둥지둥 산 밑으로 구르듯 패잔병들이 도망쳐 갈 때 기다리고 있던 백제의 기병들이 나타났다. 그들은 말 위에서 사정없이 창과 칼을 휘둘러 사냥감을 쫓듯 신라군들의 모가지를 날렸다.

길고 잔인한 밤이 지나고 해가 뜰 무렵 신라 패잔병들은 기습 작전도 포기한 채 다시 본진에 합류하고 말았다. 결사대는 거의 손실 없이 적의 야습을 오히려 역습으로 이겨 내 두 번째 승리를 거두었다. 백제 진영 군사들의 사기는 더욱 충천했고, 막료들까지 계백의 작전에 감탄하지 않을 수 없었다.

"장군, 어쩌면 장군의 책략대로 김유신이 움직이는지 알 수 없습니다."

"마치 들여다보듯 군사를 지휘하십니다!"

계백은 신라의 화랑들이 무엇을 공부하고 무슨 생각을 갖고 있는지를 잘 알았던 것이다. 그들은 귀족의 자식들이었다. 전쟁에 나가 싸움을 해서 나라를 위해 목숨을 바친다고 하지만 아직도 모양새가 좋은 싸움을 하는 것이 그들의 문제였다.

사흘째 되는 날은 계백은 역발상을 내놓았다.

"이번엔 우리가 공격한다!"

"예? 우리가요?"

부하 장수들과 막료들은 모두 기겁을 했다. 방어적인 결사대의 입장에서 선공은 상상도 못했기 때문이다.

"저들은 설마 우리가 적은 숫자인데 공격해서 자신들을 유린할 거라고는 생각도 못할 것이다."

계백의 머리는 정말 신묘했다. 항상 상대의 허를 찌르는 거였다.

"나의 싸움의 원칙은 단 하나다. 적들이 원하는 방식대로 싸우지 않는 것이다."

검니가 물었다.

"적들이 원하다니요?"

"진영을 갖추고 오천 명 대 오만 명이 일 대 일로 벌판에서 붙자는 게 저들의 바람 아니냐? 그대로 싸우면 우리가 진다. 우리는 우리의 방식으로 싸운다. 적은 숫자를 최대한 활용하는 수밖에 없으니까!"

"그러면 어찌합니까?"

"오늘 우리가 승전에 기뻐하며 흥청망청 먹고 즐기는 모습을 연출해야 한다."

그리하여 백제군은 큰 솥에 불을 지피고 고기를 구우며 소를 잡는 모습을 연출해 주었다. 진영 안에 온통 고기 굽는 냄새가 진동했고 이는 들판 건너 신라군 진지에까지 퍼졌다.

"백제 진영에는 잔치가 벌어졌습니다."

"무엇이?"

"두 번 이기더니 사기가 하늘을 찌릅니다."

보고를 받은 김유신은 분통이 터졌다. 10분의 1에 불과한 결사대를 요리하지 못해 그들의 의기양양을 구경해야 하는 꼴이었기 때문이다. 하지만 내심 안심도 되었다.

"음, 하루 이틀은 우리에게도 휴식이 필요하니 잘 되었다."

두 번이나 싸워 졌기 때문에 김유신으로서는 대열을 가다듬으며 다음 기회를 노려야 했다.

"내일 다시 한 번 쳐들어가자. 이번에는 정식으로 많은 숫자를 동원해서 한 번 제대로 싸움을 걸어 보자. 숫자로 미는 데 어쩔 것이냐. 저들이 우리 군사를 두 명 죽일 때는 우리가 세 명이 한 놈을 죽이면 될 것 아니냐."

"예, 그렇게 해 보겠습니다."

그들이 이런 작전을 짜며 다음 날을 기약할 때였다. 갑자기 좌우 진영에서 보고가 들어왔다.

"기습입니다, 기습! 백제군이 쳐들어왔습니다!"

"무엇이?"

깜짝 놀랄 일이었다. 적은 숫자의 군사들이 신라의 5만 군사에게 도발을 해 온 것이었다. 밖을 내다보았더니 남쪽 진지의 일부는 이미 화재로 불이 타고 있었고 여기저기에서 접전이 벌어지고 있었다.

"빨리 군사들을 더 보내어서 저들을 막아라!"

부하 장수를 보냈을 때였다. 갑자기 이번에는 북쪽 진지가 무너져 내렸다.

"백제군이 이쪽에서도 쳐들어왔습니다!"

성동격서(聲東擊西)였다. 동쪽에서 소리 지르고 서쪽을 치는 격으로 우왕좌왕하게 만드는 것이었다. 남쪽과 북쪽에서 일제히 백제군이 기습해 신라군이 준비하지 못한 상태에서 막대한 피해를 입혔다. 한밤중이 되었을 때 보름을 향해 다가가는 달이 환한 빛을 비추자 드러난 신라군의 피해 양상은 막심했다. 진지와 막사를 태우는 연기가 가득 피어올랐고, 백제군은 어디로 갔는지 모르게 귀신처럼 사라졌다. 야간 기습에서 또다시 백제의 결사대는 놀라운 성과를 거두고 썰물처럼 빠져나간 것이었다.

잠자다 일어난 무열왕은 이를 부득부득 갈며 김유신의 막사로 다가왔다.

"이, 어찌된 일이오?"

"면목이 없습니다. 계백이 이처럼 신출귀몰한 자인 줄은 몰랐습니다."

"에이, 정말 당군과는 약속을 지킬 수 없게 되지 않았는가?"

"지금 약속이 문제가 아닙니다. 이들을 처리하지 않고

는 우리가 싸울 수가 없습니다."

"어떻게든 내일 전열을 정비해서 저들을 그대로 깔아 뭉개시오!"

그날 밤새 김유신은 피해 상황을 수습한 뒤 다음 날 아침 예정대로 그들을 공격하기로 결심했다. 아침에 일어나서 자세히 보고받은 피해는 의외로 막심했다. 수백의 군사들이 죽었고 많은 군량미와 보급품들이 불에 탔기 때문이다. 이제 결사대에게 막혀 더 이상 시간을 보낼 여유도 없어졌다.

"이번에야말로 저들을 깔아 없앨 것이다. 동원 가능한 모든 군사들을 총동원하라."

신라군은 1만 명의 기병을 앞장세우고 그 뒤에 보병이 뒤를 받치며 융단 폭격하듯 들판을 밀어 버릴 작전을 짰다. 해가 떠오를 무렵 백제 진영도 5천 명의 결사대가 굳건하게 진을 짜고 기다리는 것이 보였다. 넓은 벌판이라지만 신라군이 일거에 움직이는 것은 결코 쉽지 않았다.

"돌격!"

신라군의 명령이 떨어졌다. 놀라운 기세로 그들은 달려나갔다. 계백의 결사대도 질세라 달려왔다. 벌판에서 드디어 제대로 된 기마전이 붙은 것이었다. 그러나 김유신은 숫자만으로 싸움을 이길 수 없다는 것을 알지 못했다.

계백의 군사들은 이미 나오기 전에 계백으로부터 독한 정신무장을 받고 나왔다.

"군사들이여, 한 번만 더 이기면 우리는 저들을 물리칠 수 있다. 다섯 번씩 패배하고서 그들이 사기를 진작한 것은 들은 적이 없다."

그것은 사실이었다. 이번 한 번만 이기고 마지막으로 한 번만 더 이기면 계백은 승산이 있다고 보았다. 그때는 흩어진 군사를 헤치고 특별히 선발한 자객들을 김유신과 무열왕의 막사에 직접 보낼 생각이었던 것이다. 둘의 목을 따면 신라군은 자동으로 흩어지리라 생각한 것이 계백의 작전이었다. 그러기 위해서 신라군이 모두 다 지치고 더 이상 전의를 불사를 수 없어야만 했다. 백제에게 마지막 서광이 비친다는 생각이 들었다. 그러한 희망을 보았기에 계백의 군사들은 일당백의 놀라운 능력을 발휘했다. 시간이 경과하자 신라군은 오히려 겁을 먹기 시작했다. 5천의 결사대에게 선봉 1만 명이 밀리자 그 뒤에 있던 다른 군사들도 전진하지 못해 우왕좌왕하기 시작했다. 앞장선 계백이 마지막으로 한 번 더 명령을 내렸다.

"검니, 앞으로 나서라!"

검니가 이끄는 부하들은 가장 강력한 군사들이었다. 그들은 모두 검은 말을 타고 있었다. 저승사자와 같은 그들이 갈라진 진영 사이로 치고 나가 신라 선봉의 목을 치자 그대로 신라군은 무너졌다. 무기고 갑옷이고 집어 던지고 모든 군사들은 살기 위해 꽁무니가 빠지도록 도망을 쳤다. 일시에 무너지는 신라군을 바라보며 계백은 회심의 미소를 지었다. 계획대로 전쟁이 진행되고 있었다.

"퇴각의 북을 쳐라!"

이미 큰 승리를 거두었다. 계백의 결사대는 다시 물러나와 진지로 돌아왔다. 들판엔 온통 신라 군사들의 무기와 버리고 간 갑옷과 시체들, 그리고 죽어 가는 군사들의 비명 소리뿐이었다. 신라 본진에서는 똥끝이 타는 지경이었다. 이런 식으로 사기에서 밀려 가지고는 당나라와의 약속을 지킬 수 없었기 때문이다.

"큰일이오, 어쩜 좋소."

부하 장수들이 모두 모여 회의를 할 때였다. 화랑인 김흠춘이 말했다.

"지금 이대로는 백 번 싸워도 백 번 집니다. 우리 화랑들의 임전무퇴의 정신은 살아 있지만 밑에 있는 군사들까지 그런 정신을 가질 수는 없습니다. 싸움에서 기가 죽었다는 것은 진다는 얘기입니다. 이것을 돌릴 수 있는 계기가 필요합니다."

"어찌하면 좋겠다는 말이냐?"

"제 아들을 내놓겠습니다."

김흠춘의 아들은 화랑 김반굴이었다.

"아들을 내놓다니?"

"저 백제군의 진영으로 우리 아들이 쳐들어갈 것입니다."

"그런 무모한 짓을……."

막사 안의 장수들은 모두 깜짝 놀랐다.

"아니, 왜 그런단 말이오?"

사방에서 그를 말렸다.

"가면 죽을 것이 뻔한데 아직 어린아이를 어쩌겠다는 것이오!"

"제가 바라는 것이 바로 그것입니다. 우리 아들이 죽어서 그 피를 뿌려야 신라군들도 비로소 정신을 차릴 것입니다. 듣자 하니 계백은 자기의 가족들을 모두 죽였다 하옵니다. 우리 중에 어느 누가 그런 희생의 대가를 지불했습니까? 우리도 그런 피를 뿌려야 천지신명이 우리를 굽어살핍니다. 그래야 신라군의 사기가 올라갈 것입니다."

김유신은 그 말이 맞음을 알았다. 이번 전쟁에서는 어떤 계기가 필요했다.

"명령을 내려 주십시오!"

하지만 자기가 사랑하는 부하인 김흠춘의 아들 반굴을

너무 쉽게 적진으로 내보낼 수는 없었다.

"안 된다, 어린아이다. 백제를 굴복시킨 뒤에도 우리의
나라는 계속 지켜야 할 것이 아니냐. 젊은 아이들을 다
죽일 수는 없다."

그때 막사 밖에서 이야기를 듣고 있던 반굴이 들어와
무릎을 꿇었다.

"장군, 보내 주십시오. 신라를 위해 죽겠습니다. 원수
의 백제 놈들을 모두 다 죽일 수만 있다면 이 한 몸은 얼
마든지 찢겨 죽어도 좋습니다."

장군들은 모두 격정 어린 반굴의 이야기를 듣고 고개를
돌려 외면했다. 아직 얼굴의 솜털도 가시지 않은 어린 아
들을 보내겠다는 김흠춘이 야속하기까지 했다. 김유신
이 외면하자 반굴은 그것을 허락의 뜻으로 받아들였다.

"감사합니다."

반굴이 흥분해 일어나자 김흠춘은 자신의 칼과 아껴 두
었던 창을 아들에게 주었다. 죽으러 가는 아들에게 최고
로 좋은 무기를 주고 싶었던 것이다.

"아버지, 불초 소생은 저승에서 뵙겠습니다."

김흠춘은 그런 아들의 투구를 두들겨 주었다. 마음이
약해질까 봐 눈물 한 방울 흘릴 수 없었다. 이윽고 말에
오른 반굴은 고함을 지르며 달려 나갔다.

"원수의 백제 놈들아 나와라! 화랑 반굴이 왔다!"

반굴은 백제 진지를 향해 미친 듯이 달려 나갔다. 백제 측에서는 단기필마로 달려오는 적군을 보며 이 상황을 어떻게 해석해야 될지 알 수가 없었다.

"저기, 웬 미친 녀석이 옵니다."

"사자가 아닌가 살펴보아라."

하지만 칼을 휘두르며 오는 품이 사자는 결코 아니었다.

"우리를 치겠다고 오는 듯합니다."

이윽고 진지까지 달려온 반굴은 맨 앞에 있는 군사의 방패를 내리쳤다. 방패로 막아서자 옆에 있는 군사가 창을 들이밀었다. 사방에서 들어오는 창자루를 쳐내며 반굴은 칼을 휘둘렀다. 그 서슬에 백제 군사 둘이 부상을 입었다.

"내 이놈을……."

화난 백제군들이 우르르 몰려들어 반굴을 말잔등에서 끌어내렸다. 말에서 떨어진 반굴이 저항하는 것을 고슴도치처럼 창을 찔러 산적을 만들어 버렸다. 잠시 동요를 일으키던 백제 진영이 잠잠해졌다. 신라 진영에서는 모두 하회를 기다렸다. 이윽고 창 하나가 높이 솟았다. 그 끝에는 반굴의 목이 꽂혀 있었다. 신라 측 군사들은 이를 보며 모두 피가 끓었다.

"아니, 저런 어린아이를……."

"저런 무도한 놈들!"

계백은 이 사실을 검니로부터 보고받았다.

"어린놈이 단기필마로 와 가지고 싸우다 죽었습니다."

"내버려 두어라. 싸움에는 그런 놈들도 있는 법이다. 자신의 무공을 자랑하고 싶었던 게지. 시체를 잘 수습해 주어라."

아들이 죽는 것을 바라본 김흠춘은 끝내 눈물을 흘리고 말았다.

"반굴아! 장한 내 아들아! 으흐흐흐흑!"

신라군은 술렁거리기 시작했다. 눈앞에서 어린 화랑이 죽는 것을 보았기 때문이다.

"이대로 우리가 지고 말 것이냐. 이럴 순 없어!"

그러나 이러한 사람들의 동요를 가장 눈여겨본 것은 품일이었다. 만약 이 상태에서 전투를 치러 공로를 세운다면 경쟁자인 김흠춘은 큰 공로로 나중에 높은 자리를 차지할 것이 뻔했다. 품일이 고개를 돌려 같이 참전한 아들 관창을 보았다. 관창은 그런 아버지와 눈빛이 마주쳤다. 아버지의 시선이 무슨 뜻인지 알아챘다. 친구였던 반굴이 가서 죽는 것을 보자 가뜩이나 속이 뒤집혀 있던 차였다.

"에잇, 이 백제 놈들을……."

아버지 품일이 쳐다보는 것을 본 관창은 허락도 얻지 않고 투구를 쓰더니 그대로 말에 올라 적진을 향해 달렸다.

"누구냐, 저 아이는?"

대장 막사에서 김유신이 물었다.

"품일의 아들 관창이랍니다."

"관창? 저 아이도 어린아이인데……."

김유신은 물론 신라군은 더욱더 동요했다. 군사들은 손에 땀을 쥐고 쳐다보았다.

"에이, 이놈들아! 내 친구를 죽이다니…… 나도 죽여라."

달려오는 관창을 지켜보던 계백이 말했다.

"저 아이는 사로잡아 봐라."

백제군의 진지를 향해 말을 달리는 순간 날을 꽂지 않은 봉이 달려와 어린 관창의 허리통을 후려쳤다.

"으악!"

제대로 싸워 보지도 못하고 관창은 땅바닥에 떨어졌다. 군사들이 달려들어 뭇매를 가했다. 그리고 기절한 관창을 꽁꽁 묶어 계백 앞으로 끌고 갔다.

"너는 누구냐? 너희 신라에는 군사가 없어서 너 같은

어린아이들을 자꾸 보내는 게냐?"

투구를 벗겨 얼굴을 보자 계백은 잠깐 등골에서 전율이
흘렀다. 흰 피부에 숯검정 눈썹이 어디서 많이 본 듯한
얼굴이었기 때문이다.

"네 얼굴이 낯이 익다. 너는 누구냐?"

"나는 신라의 화랑 관창이다."

"니, 애비가 누구냐?"

"우리 아버지는 좌장군 품자 일자를 쓰시는 분이다."

"품일?"

그 순간 계백은 자신의 젊은 시절로 돌아갔다. 덕유산
깊은 계곡에서 우정을 쌓았던 신라의 화랑 품일이었다.

"네 아버지가 정녕 신라의 화랑 품일이더냐?"

"그렇다, 우리 아버지의 이름을 그 더러운 입에 올리지
마라!"

계백은 자신이 덕유산을 떠나올 때 안타까워하며 우정
을 지키려 했던 품일의 모습이 떠올랐다.

"네, 아버지도 참전하였더냐?"

"우리 아버지는 김유신 장군의 오른팔이시다."

"그 아비에 그 자식이로구나. 훌륭하다."

옆에 있던 검니가 물었다.

"어찌할까요, 목을 벨까요?"

"아니다, 아직 어린아이다. 돌려보내라."

"예, 알겠습니다."

관창을 꽁꽁 묶은 채 안장에 앉혀 타고 왔던 말 궁둥이를 후려 갈겼다. 관창의 말은 본능적으로 자신의 진지로 돌아왔다. 이를 지켜보던 김유신은 이를 악물었다. 관창까지 죽였으면 군사들의 분노가 하늘을 찔러 싸울 만하다고 생각했는데 역시 계백이었다. 선을 넘지 않고 신라 측 의도에 물타기를 한 것이다.

"살려 보내는구나, 교활한 놈 같으니……."

하지만 김유신은 몰랐다. 품일과 계백의 오랜 우정이 관창을 살려 보냈다는 것을…….

신라 군사들이 묶여 있는 밧줄을 풀어 주자 씩씩대며 관창은 말했다.

"가서 다시 한 번 싸우겠습니다. 이렇게 굴욕을 당할 수가 없습니다."

"어찌할까요?"

김유신에게 물었다. 그러자 김유신은 계백에게 밀릴 수 없다는 생각이 들었다.

"마음대로 하게 놔둬라."

관창이 물 한 바가지를 마시고 다시 백제군을 향해 달려가자 김유신은 조용히 읊조렸다.

"어디, 계백 이번에도 네가 살려 보내나 보자!"

다시 달려와 관창이 칼을 휘두르고 창을 휘두르자 백제 군사들이 관창을 또 다시 사로잡았다.

"장군, 살려 보냈더니 이 녀석이 또 왔습니다. 죽입시다!"

계백은 관창이 두 번씩 오는 것을 보고 자신의 운명이 다했음을 알았다. 살려 보낼 수도 없고 죽일 수도 없는 상황이었다. 살려 보내면 또다시 올 것이 뻔했기 때문이다. 친구의 아들이지만 죽일 수밖에 없었다.

"어쩔 수가 없구나. 여봐라, 내다 목을 베서 말에 실어 돌려보내라!"

그렇게 되면 신라군이 미친 듯이 공격해 올 것을 심리전에 능한 계백은 이미 알고 있었다.

이윽고 끌려 나간 관창은 바로 목이 떨어져 말 잔등에 묶인 채로 신라 진영으로 돌아갔다. 이번에는 빈 말이 오는 줄 알고 쳐다보던 신라 군사들은 그 위에 관창의 목이 묶여 있음을 보자 모두 다 치밀어 오르는 분노를 억제하지 못했다.

"이런 잔인한 놈들, 어린아이를 죽여 목을 베서 보내다니……."

이곳저곳의 진지에서 장탄식이 피어올랐다.

"이러고도 우리가 신라의 군사란 말이냐, 이러고도 고향에 돌아갈 수 있단 말이냐!"

"싸우자! 싸우자!"

들불과 같이 함성이 치솟았다. 군사들의 흥분과 광기가 최고조에 달하자 드디어 김유신은 투구를 쓰고 말에 올랐다.

"너희들은 보았느냐! 우리 어린 아들들을! 반굴과 관창을 죽인 저놈들과 싸우다 죽겠느냐, 이대로 어린아이들 보기 부끄럽게 신라로 돌아가겠느냐?"

"죽을 때까지 싸우겠습니다!"

신라 측의 함성 소리를 계백도 들었다. 때가 되었음을 알고 계백은 모든 군사들을 불러 모았다.

"신라군의 독기가 극에 달했다. 이제는 우리도 죽음을 각오해야 한다. 여기서 싸우다 죽을 것이냐, 아니면 물러설 것이냐!"

이미 죽음을 각오한 5천 결사대의 함성은 하늘을 찌르고도 남았다.

"싸우다 죽겠습니다!"

"목숨을 바치겠습니다!"

계백은 숨을 한 번 크게 내쉬고는 군사들을 향해 굳은 표정으로 말을 이었다.

"그래, 백제의 영웅들이여! 우리 모두 나가서 죽어 보자! 오늘은 함께 죽기에 좋은 날인 것 같구나! 그러나 명심하라! 오늘만큼은 백제가 아닌, 오직 고향에 있는 가족들을 위해 싸워라! 우리의 부모님과 형제들, 그리고 아내와 자식들을 위해 싸워 주길 바란다! 절대로 물러서지 마라!"

죽음을 각오한 계백은 모처럼 화창한 7월의 맑은 하늘을 올려다보았다. 굳은 의지에 불타고 있는 군사들을 향해 내린 비장하고 장엄한 계백의 이 마지막 명령은 황산벌을 넘어 온 천하를 울리고 있었다.

"출정하라!"

계백의 5천 결사대도 창칼을 앞세우고 달려오는 신라군을 향해 달려갔다. 악에 받친 양진영의 충돌은 거대한 노도가 맞부딪히는 것과 같았다. 함성이 하늘을 찔렀고, 피비린내 나는 황산벌의 마지막 전투는 그렇게 시작되었다.

중과부적, 한마디로 중과부적이었다. 백제군이 아무리 잘 훈련되었다 하나 광기로 똘똘 뭉친 신라군의 사기와 숫적 우세 앞에서는 견뎌 낼 재간이 없었다. 압도적인 위세로 밀어붙이는 신라군들에게 계백의 5천 결사대는 처절하고도 장렬하게 궤멸되고 있었다.

하지만 그들은 하나도 도망치지 않았다. 마지막 한 사

람까지 최후의 일각을 다해 싸웠다. 계백 역시 그가 평소에 사랑하던 백마 위에서 다가오는 신라군들을 향해 칼과 창을 휘둘렀다. 이윽고 본진이 무너지고 계백을 호위하던 호위 군사들이 하나둘씩 쓰러졌다.

"네, 이놈들!"

계백도 장창을 꼬나들고 맨 앞에 있는 적장을 향해 달려갔다. 끝없이 계백의 목을 베려 달려드는 신라의 군사들을 좌우로 베어 넘겼다. 적진을 헤쳐 나가며 좌우로 창칼을 휘두르는 것이 마치 관우가 청룡도를 휘두르며 길을 내는 것과도 같았다.

하지만 하늘은 계백의 편이 아니었다. 계백의 백마는 말발굽을 베는 큰 낫을 휘두르는 신라 군사에 의해 나뒹굴었다. 계백도 그대로 땅바닥에 떨어졌다. 쓰러진 계백을 향해 신라군의 창과 칼이 쏟아져 내렸다. 계백은 결국 그 자리에서 무참하게 도륙이 되었다. 그것이 백제의 위대한 장수 계백의 마지막이었다.

피비린내 나는 전투가 서서히 끝나 갈 때 패잔병 몇몇이 높은 언덕을 향해 달려 올라갔다. 언덕 위에서 상처 입은 몸으로 고개를 돌려 결사대가 스러지는 것을 통절히 바라보고 있는 장수는 다름 아닌 검니였다. 주군을 구하지 못한 그였지만 이 상태에서 다시 한 번 그들과 싸우는 것이 전부가 아니었다.

"물러나자, 우리가 일단 살아야 한다!"

검니가 몇몇 부하들과 함께 산속으로 몸을 숨겼다. 들판에는 온통 해일과 같은 신라군의 물결이었다. 그들은 내친 김에 황산벌을 내달아 사비성을 향해 달렸다. 그때가 7월 15일이었다. 초저녁 하늘에는 보름달이 휘영청 떠올랐고 환한 빛이 내리비치는 들판에는 5천 결사대의 장렬한 주검만이 남았다. 계백의 시체는 원수의 시체라 하여 신라군들이 토막을 내서 산지사방에 뿌려서 없애 버렸다. 그것은 분명 적장에 대한 예우가 아니었지만 신라군의 악은 이렇게 극에 달해 있었다. 뒤늦게 좌장군 품일이 달려와 물었다.

"계백의 시체는 어디 있느냐?"

"갈가리 찢겼습니다."

부하 장수의 말에 품일은 장탄식을 날릴 뿐이었다.

"아아, 한발 늦었구나!"

그가 가까스로 거둔 것은 계백이 쓰던 장검 하나였다. 이빨이 다 빠져 성한 곳이 없는 칼 하나로 품일은 과거의 친구이자 아들을 죽인 원수인 계백을 기억하기로 했다.

이때 김유신은 노도와 같이 밀어붙이는 신라군의 기세를 놓칠 수 없었다.

"사비성으로 가자, 그곳에 있는 수많은 금은보화가 너희들의 것이다. 살찐 백제 계집들을 다 마음껏 차지해라!"

눈에 핏발이 선 아귀 같은 신라군들은 미친 듯이 밤새 길을 도와 사비성으로 향했다. 이 소문은 신라군보다 빠르게 사비성에 들이닥쳤다.

"계백이 죽었대!"

"오천 결사대가 무너졌다!"

소문은 마성을 지니고 있었다. 외곽의 나성을 지키는 군사들은 모두 다 무기를 버리고 도망을 치기 시작했다. 천연의 요새인 백강을 뒤로하고 동쪽으로 오는 신라군을 경계하기 위해 쌓아 놓은 성이었지만 아무 소용이 없었다.

"우와아아!"

신라군은 노도와 같이 들판을 새까맣게 덮은 채 함성을 지르며 나성을 무너뜨리고 사비성으로 향했다.

"모든 군사들은 부소산성 안으로 집결하라!"

방어군을 이끄는 장수들은 군사들을 모아 마지막으로 저항하려 했지만 이미 전세는 기울었고 국운이 끝이 났다. 신라군의 광기 어린 공격에 백제군은 별다른 저항도 해보지 못했다.

"어이구, 사람 살려!"

사비성 곳곳에서는 불길이 치솟았다. 노비들이 주인의 내당을 습격해 금은보화를 마구 약탈했다. 귀족들은 제 한 목숨 살기 위해 정신이 없었다. 사비성은 외침 이전에 이렇게 집단 공포로 무너져 내렸다. 왕자와 대신들은 모두 뿔뿔이 흩어졌고, 궁성에 있던 궁녀들과 나인들은 서둘러 부소산성으로 올라가 맞은편 백강으로 뛰어내렸다. 꽃처럼 뛰어내린 그 궁녀들을 보며 승자 측의 기록은 삼천 궁녀라고 과장함으로써 의자왕의 패배를 폄하시키기도 했다. 한 나라의 멸망은 이렇게 순식간에 다가왔다. 물론 이는 두 나라가 하나 되는 통일이기도 했다.

후미코의 정체

 능산리 고분군을 빠져나온 뒤 두 사람은 부여 시내로 차를 몰고 들어왔다. 오른쪽으로 부소산 관광지가 보였고 시내는 차로 돈다면 몇 분 걸리지 않을 정도로 작았다.

 "이렇게 작은 곳이 백제의 수도였어요."

 황일범이 말했다.

 "그러네요, 남아 있는 건 저 부소산뿐인가 봐요."

 중학교 때 수학여행 와 봤던 기억을 어렴풋이 떠올리며 황일범은 고개를 끄덕였다. 후미코는 예상을 깨고 부소산을 지나쳐 다리를 건넜다.

 "부소산성 안 보십니까? 어디로 가시는 길이시죠?"

 "네, 백제문화단지를 가려구요. 한류 공연이 있는 장소가 거기라지요, 아마!"

"그래도 부여 왔으면 저길 봐야 하는데……."

"네, 아까 능원리에 너무 관심을 가졌어요. 시간이 지체되어서요."

그랬다. 그녀의 본분은 기자였던 것이다. 백제를 취재하는 것도 있었지만 중요한 것은 한얼을 취재해서 그의 잡지를 만드는 것이었기 때문이다.

자동차는 백강을 따라 북쪽으로 올라섰다. 장마 끝이라 누런 황토물이 강을 가득 채워 흐르고 있었다.

"수량이 참 많군요."

"장마가 끝나서지요."

그녀는 도로에서 빠져나와 강변으로 차를 몰았다. 맞은편에서 낙화암이 옛 모습 그대로 우뚝 서 있는 풍경이 보였다. 차를 세운 그녀는 카메라를 꺼내서 몇 장의 사진을 찍었다. 강 위에는 황포 돛대를 펼친 배들이 천년이 넘는 세월을 아는지 모르는지 관광객을 태우고 유유히 흐르고 있었다.

"저 위에서 궁녀들이 뛰어내린 거군요!"

"그렇다고들 해요."

"전쟁이 나면 언제나 희생당하는 것은 여자들이에요."

후미코는 다시 차에 올라 시동을 걸었다. 백제문화단지

는 거기에서 멀지 않았다. 커다란 대형 촬영차들과 공연 기획 차들이 넓은 주차장 한쪽을 채우고 있었다. 그날 밤에 있을 한류 콘서트가 준비 중이었고, 언제 왔는지 일본의 장년 여성 팬들이 곳곳에서 공연을 기다리는 듯 설레는 표정으로 여기저기를 기웃거리며 돌아다녔다.

"어우, 일본 사람들 정말 많군요!"

황일범은 감탄했다.

"네, 맞아요. 한류가 일본에서 대단하거든요."

후미코는 공연 준비하는 중앙센터로 들어가 이것저것 취재를 했다. 황일범은 그녀의 취재에서는 딱히 할 일이 없었다. 그저 안내자 역할을 할 뿐이었기 때문이다. 게다가 후미코는 한국어도 능통했기 때문에 그의 도움이 사실상 크게 필요하진 않았다. 30여 분 뒤 행사를 준비하는 사무실에서 나온 후미코는 말했다.

"한얼 씨는 저녁때나 도착한다네요."

"오늘은 부여에서 묵으실 생각이신가요?"

"네, 공연을 봐야죠."

살짝 들뜬 후미코는 공연장 앞에 오자 대단히 바쁜 모습을 보여 주었다. 애초의 생각대로라면 부소산에 올라가 함께 답사를 하려 했던 것인데 그녀가 이렇게 자신의 업무에 바빴기 때문에 황일범은 무료했다. 그가 주차장

한켠의 그늘에 앉아 담배를 피우는 것을 보자 후미코는 잊었다는 듯 말했다.

"아 참, 깜빡했어요."

"뭘를요."

"숙박할 곳이오. 공연을 보고 나면 늦을 거 같아서요. 타세요."

그녀는 차에 올라 길 맞은편에 있는 롯데리조트 부여 건물로 들어섰다. 지하 주차장으로 내려서서 널찍한 주차장에 차를 댄 뒤 그녀는 1층 프런트로 앞장서서 들어갔다. 부여에 언제 이런 호화 리조트가 생겼나 싶어 두리번거리며 황일범이 그녀의 뒤를 가방을 들고 따랐다. 카운터에서 체크인을 마친 후미코가 키 두 개를 가져왔다.

"방 두 개 얻었어요. 바로 맞은편으로 붙어 있다네요."

"아, 예."

후미코와 함께 올라간 리조트의 객실은 호텔급으로 깨끗했다. 310호에 그녀가 들었고, 황일범은 자연스럽게 311호 맞은편 방문을 열었다.

"그러면 좀 쉬도록 하세요. 저는 씻고 이따가 공연장에 가 보려구요."

"아, 네. 언제든지 제 도움이 필요하시면 연락 주세요."

황일범은 객실로 돌아와 가방을 카펫 바닥에 내려놓고

침대 위에 벌렁 누웠다. 습한 날씨에 온몸이 땀에 젖어
퀴퀴했지만 그는 샤워하고 싶은 생각이 별로 없었다. 자
동차 고장으로부터 후미코와의 이런저런 대화를 통해 부
여까지 내려온 하루가 굉장히 길게 느껴졌다. 자신도 모
르게 황일범은 잠이 들었다.

 나라가 멸망하자 의자왕은 황급히 도망을 쳤다. 하지만
그리 멀리 가지는 못했다. 아버지 대신 잡힌 것은 백제의
왕자 부여융이었다. 그는 군사들에게 사로잡혀 무릎을
꿇은 채 신라의 왕자 법민의 멸시를 받고 있었다. 무열왕
의 아들인 그는 훗날 신라의 문무왕이 된다.
 "이 때려죽여도 시원치 않을 놈아. 비겁하게 도망친 네
애비가 전에 내 누이를 죽이고 옥중에 파묻었더냐? 그 일
이 있은 뒤로 지난 이십 년간 나는 한 번도 원수 갚는 일
을 잊은 적이 없다. 하늘도 무심치 않아 이제 네놈의 목
숨이 내 손에 달렸구나. 애들아, 저 원수놈을 죽지 않을
정도로 두들겨 패라!'
 법민의 명령에 신라의 군사들은 부여융을 둘러싸고는
사정없이 몽둥이질을 시작했다. 부여융은 그 자리에서
쓰러져 피투성이가 되었다. 저항도 하지 못하는 그를 두
들기는 몽둥이 소리가 천둥소리 같았다.

그 순간 황일범은 눈을 떴다. 방문을 누군가 노크하고 있었다. 꿈결에 그 소리가 천둥소리로 들렸던 것이다.

"누구세요?"

가라앉은 목소리를 내며 황일범은 일어나 문으로 향했다. 바깥은 그새 어둑어둑해져 있었다.

"후미코에요."

"죄송합니다. 제가 깜박 잠이 들었어요."

문을 열며 황일범이 머쓱한 웃음을 지어 보였다.

"그러신 거 같았어요. 아까, 나갔다 왔구요. 지금 한얼이 내려왔대요. 인터뷰하러 다시 가려고요. 같이 가시겠어요?"

"아, 그러지요."

황일범은 그녀와 함께 로비로 내려왔다. 로비를 통과해 두 사람은 바깥으로 나왔다. 둥글게 회랑을 만들어 놓은 리조트의 마당은 운치가 있었다. 기와 덮은 회랑을 한 바퀴 돌아서 그들은 차도로 나와 길을 건넜다. 아까 리조트로 들어올 때와는 달리 도로가에는 자동차들이 어느새 빼곡하게 주차되어 있었다. 관광버스 수십 대가 길을 막을 듯이 자리 잡았고, 건너편의 광장에는 이미 관광객과 청중들이 함성을 지르며 들썩들썩 분위기를 조장했다. 조명을 점검하며 마이크 테스트하는 소리가 꽝꽝 울렸다. 지나가다가 누구라도 들여다보고 싶은 마음이 들 정도의 흥겨움이었다. 후미코도 어깨를 들썩들썩했다. 분위기 조성용으로 틀어 놓은 음악이 흥겹고 신났기 때문이다. 그녀의 그런 모습을 보며 황일범은 웃었다. 이윽고 공연장 부근으로 다가가자 최대한으로 볼륨을 키워 놓은 음향 시스템은 온몸에 진동을 줄 정도로 울려 댔다. 거듭되는 큰 소리는 사람의 영혼을 마비시키는 효과가 있는 것만 같았다. 그녀는 목에 어느새 프레스 카드를 걸고 있었고 황일범에게도 하나 걸어 주었다.

"하나 얻었어요. 이게 있어야 무대 뒤 인터뷰가 가능하거든요."

졸지에 취재기자가 된 황일범은 그녀를 따라 경호원들이 막아서고 있는 장벽 안으로 들어섰다.

"어떻게 오셨습니까?"

건장한 청년이 무전기를 든 채 물었다.

"약속이 되어 있는데요. 일본에서 온 후미코라구요. 한얼 씨 취재하려구요."

들고 있던 서류를 보던 경호원이 말했다.

"아, 네. 여기 있군요. 들어오세요, 일곱 시 약속이시죠?"

"네."

"일곱 시 반부터 공연이서서 짧게 해 주세요."

"네, 알겠어요."

후미코가 그들의 안내를 따라 분장실로 들어갔다. 간이 천막으로 만들어 놓은 분장실 안에는 한얼의 그룹 멤버들이 자리를 잡고 있었다.

"한얼 씨, 안녕하세요?"

후미코가 상냥하게 다가가 인사를 나누었다. 명함을 건넨 뒤 후미코는 황일범을 소개했다.

"이쪽은 한국에서 코디를 해 주시는 황일범 선생님이세요."

"아, 네. 안녕하세요, 낯이 익습니다."

한얼이 말했다.

"아, 네."

후미코가 황일범을 소개했다.

"한국에서 유명한 문화평론가신데……."

"아, 맞다. 한류에 대해서 기사 쓰신 것 제가 봤어요."

황일범으로선 의외였다. 아이돌 가수인 그가 자신의 신문 칼럼까지 읽을 줄은 몰랐기 때문이다. 황일범은 자세를 바꿨다. 이 정도라면 함께 이야기를 나눌 수 있을 것 같다는 생각이 들었기 때문이다. 후미코는 자세를 잡고 앉아 핸드폰의 녹음 어플을 켜서 이것저것 묻기 시작했다. 그녀가 궁금해서 물어보는 것은 독특한 질문들이었다. 통상적인 연예인을 상대로 인터뷰하는 내용이 아니었기 때문이다.

"한류를 통해서 본인의 인생이 어떻게 바뀌었다고 생각하세요?"

한얼은 당황했다.

"아, 글쎄요. 제가 소중한 사람이 됐다는 느낌이에요."

"본인이 이곳 충청도 사람으로서 일본 팬들을 많이 얻는다는 것은 어떤 의미일까요?"

"잘 모르겠는데요. 그냥 한류 스타이기 때문에 절 좋아하시는 게 아닐까요? 제가 충청도 촌놈이기 때문인 것 같기도 하고요."

황일범은 후미코의 질문 의도를 알고 있었다. 하지만 원하는 답을 얻기 위해서 유도 심문을 하지는 않았다. 후미코는 그만큼 취재의 기본을 알고 있는 것 같았다.

"사실, 우리 일본 사람들은 이곳 백제를 좋아하거든요."

"네, 알아요. 제가 어렸을 때도 일본 사람들이 많이 부여에 오는 것을 봤어요. 백제가 일본에 문화를 많이 전파해 줬다고 하더라구요."

"그래요, 지금의 한류도 저는 그러한 문화의 전파가 아닐까 싶은데요."

"부끄럽습니다."

한얼은 겸손하게 대답했다. 노랗게 물들인 머리와는 다르게 그는 수더분한 인상을 가진 청년이었다. 10여 분의 인터뷰가 끝난 뒤 후미코는 상냥하게 인사를 하고 백에서 작게 포장한 선물을 꺼냈다.

"인터뷰해 주셔서 감사하구요. 이건 제가 준비한 선물이에요."

"아, 뭐 이런 걸 다…… 저도 준비했습니다."

한얼은 자기네 그룹의 CD에 사인을 해 주었다. 타이틀 곡은 〈마더〉였다. 이미 다른 멤버들의 사인이 되어 있는 것에다가 자신의 사인만 한 번 더 하는 거였다.

"아, 정말 고맙습니다."

황일범에게도 사인한 CD를 한 장 건넸다. 황일범도 받아서 자신의 가방에 넣고 그들은 분장실 바깥으로 나왔다. 후미코는 공연장 여기저기를 다니면서 사진을 찍거나 취재하며 스케치를 했다. 프레스 석에 앉아 황일범은 공연을 기다렸다. 제법 시간이 지체된 뒤 어둠이 깔린 공연장에는 환한 불이 밝혀지며 진행을 보는 개그맨이 올라와 큰소리로 외쳤다.

"여러분, 안녕하세요?"

"안녕하세요오~."

　80퍼센트 이상을 차지하고 있는 일본 팬들이 소녀처럼 팔짝팔짝 뛰며 한국말로 인사했다.

"곰방와!"

"꺄악!"

　일본말과 한국말을 섞은 개그맨의 사회에 관중들은 벌써부터 흥분하기 시작했다. 황일범은 너무 큰 음향 때문에 귀가 괴롭다는 것을 느끼며 담아 간 MP3플레이어의 이어폰으로 귀를 막았다. 귀로 들어오는 소리가 조금 줄어들자 살 것 같았다. 첫 가수의 공연이 시작될 무렵 후미코는 돌아와 자리에 앉았다.

"관객으로서 즐겨 보려구요."

"아, 네. 좋습니다."

　하지만 황일범은 아이돌 가수들의 뛰고 떠드는 무대가 그렇게 가슴에 와 닿지는 않았다. 자신이 어렸을 때 좋아했던 팝 그룹들의 공연에 비하면 서정성이 한참 떨어진다는 생각을 하며 황일범은 건성으로 공연을 구경했다. 괴성을 지르는 아이돌 가수들의 노래 가사가 귀에 들어오지도 않았고, 음악과 현란한 조명 때문에 정신이 하나도 없었다. 그것은 황일범에게 정신적 고문이나 마찬가지였다. 그러나 옆자리의 후미코는 관객들과 호흡을 같이하고 있었다. 일어나라면 일어나고, 뛰라면 뛰고, 소리 지르라면 소리를 지르고 있었다. 소녀처럼 팔짝거리며 뛰는 후미코를 바라보며 자신이 이미 나이 들었다는 생각을 했다. 이런 공연에 초등학교를 다니는 딸을 데리고 왔으면 얼마나 좋았을까 하는 아쉬움이 드는 것을 보며 그는 스스로도 실소를 날리지 않을 수 없었다. 두 시간여의 공연은 성황리에 끝이 났다. 일본 여성들은 공연이 끝난 가수들이 전부 무대에 올라와 손을 맞잡고 인사를 하자 눈물까지 흘렸다. 공연이 끝났다는 사실이 너무 안타까웠던 것이다.

"여러분, 너무 감사합니다. 한류는 영원히 지속될 것입니다. 이제 안녕히 돌아가십시오."

사회자가 외쳤다. 사람들은 아쉬움을 남기며 공연장을 빠져나갔다. 관광버스들이 일제히 시동을 걸어 움직이기 시작했고 상당수의 일본 관광객들은 길을 건너 리조트로 들어왔다. 리조트를 거의 전세 내다시피 자리를 잡은 듯했다.

황일범은 후미코와 함께 걸어서 리조트 쪽으로 향했다. 후미코는 상기된 얼굴로 땀 냄새를 풍기며 젖은 머리카락을 강바람에 내맡겼다.

"좋으셨어요?"

"아, 환상이에요. 환상!"

후미코는 기뻐서 어쩔 줄을 몰라 했다. 그들은 리조트에 들어와 로비 커피숍에 자리를 잡고 앉았다. 시원한 아이스커피를 시켜 놓고 후미코는 흥분을 잠시 가라앉히더니 말했다.

"사실은 제가 잘 아는 사람이 백제인의 후예에요."

"아, 그래요."

660년 백제가 멸망한 뒤 수많은 유민들은 배를 타고 왜로 건너갔다. 그들은 비록 전쟁에 패한 민족이었지만 고도의 선진 문화를 가지고 있는 사람들이었다. 일본은 그들을 모두 받아들였고 일본에서 백제 사람들의 혈통은 뿌리를 내려 오늘날까지 내려오고 있었던 것이다. 일부 가계에서는 백제 때의 성을 그대로 유지하는 집안도 있다고 들었다.

"아, 그렇군요. 한국 사람 같던가요?"

황일범은 후미코에게 물었다.

"한국 사람 같다는 게 무슨 뜻이시죠?"

"아니, 기질이나 외모, 뭐 여러 가지로……."

"아, 글쎄요. 한국 사람의 피가 섞였지만 워낙 오랫동안 일본 사람들과 동화되었으니까 일본 사람이라고 봐야죠."

"네, 그렇죠."

아주 오래전 역사였다. 백제인의 후예들이 아무리 민족 전통을 지킨다고 해도 그것을 유지하는 것은 쉽지 않은 일이었다.

"제가 굉장히 좋아하는 사람이었어요."

"네, 친구였나 보군요."

"황일범 씨와 닮아서 처음에 깜짝 놀랐어요. 괜찮으시면 맥주 한 잔 하실래요?"

"그럽시다."

그들은 맥주를 시켜 마시기 시작했다. 땀 흘리고 지친 몸에 맥주가 들어가자 그 청량함은 이내 두 사람 사이의 경계를 손쉽게 허물었다. 그들 둘은 한류와 역사를 넘나들며 많은 이야기를 나누었다.

술기운이 살짝 돌았을 때 황일범은 후미코와 함께 객실로 올라왔다. 내일 아침 그녀와 부소산성에 오르기로 했기 때문이다. 엘리베이터에서 내려 두 사람은 각자의 방으로 들어갔다. 황일범은 화장실에 들어가 찬물로 얼굴을 식힌 뒤 거울을 들여다보았다. 젊은 여자와 낯선 곳에 와서 이런 리조트에서 함께 묵는 묘한 상황이 그를 설레게 했다. 자신에게도 사랑하는 가족이 있는데 같이 지내지 못하는 처지가 갑자기 쓸쓸하고 외롭게 느껴졌다.

아내는 황일범이 문화 쪽의 일을 한다고 하자 그에게 맹목적으로 호감을 보여 왔다. 그리하여 부모의 반대를 이겨 내고 가정을 꾸렸다. 그 뒤로는 정상적인 삶인 듯했다. 아기가 태어났고 무럭무럭 자랐다. 하지만 가정을 꾸려서 유지해 나간다는 것은 다른 말로 하면 경제의 문제였다. 문화평론가입네 하며 글과 말로 먹고사는 일은 쉬운 일이 결코 아니었다. 사람들을 만나 밤늦게 들어오거나 지방 출장을 간다면서도 정작 필요한 돈은 많이 벌어오지 못하는 그의 무능함은 결국 가정의 위기가 되어 다가왔다. 거듭되는 의견 충돌과 불화로 아내는 어느 날 짐을 쌌고, 황일범은 자신이 가지고 있는 책과 음반, 희귀 자료 등의 모든 애장품들을 가지고 오피스텔로 나온 것이었다. 별거에 들어간 지 벌써 몇 년째였다. 딸은 초등학생이었지만 황일범은 두어 달에 한 번 딸의 얼굴을 볼까 말까였다. 정작 이런 곳에 와서 같이 즐기며 놀아야 할 가족은 서울에 있고, 자신은 처음 보는 일본 여기자와 함께 부여의 한 객실 방에서 하룻밤을 보내야 한다는 사실이 씁쓸했다. 복도에서는 가족과 함께 온 관광객들의 웃음소리가 간간히 들려왔다.

샤워를 마친 황일범은 거실로 나왔다. 하지만 텔레비전을 켜는 순간 뭔가 느낌이 이상했다. 그것은 마치 방에 자신이 없을 때 누군가 들어와서 뭔가를 뒤져 보고 간 느낌이었다. 황일범의 감수성은 대단히 섬세했기에 그런 쪽으로 감각이 뛰어났다. 황일범은 온몸의 신경을 팽팽히 조이고 자신이 방을 나가기 전의 상태를 기억하며 소지품들을 들춰 보았다. 세심하게 제자리에 물건을 놓은 듯했지만 완벽할 수는 없었다. 결정적인 것은 그가 메고 온 여행용 옷가방이었다. 그는 가방을 놓을 때 항상 끈을 잘 모아서 가방 위에 얹는 습관이 있었다. 지저분한 바닥에 끈이 닿는 걸 원치 않는 그의 결벽증 때문이었다. 그런데 끈의 한쪽이 흘러 카펫에 닿아 있는 것이었다. 그건 누군가 들어와 가방을 뒤졌다는 의미였다. 도둑인가 싶어 가방을 열어 보았지만 노트북 컴퓨터나 촬영용 장비 등은 그대로 들어 있었다.

순간 느낌이 이상해진 황일범은 문을 열고 맞은편 후미코의 방을 향해 걸어갔다. 복도에는 아무도 없었다. 힐끗 비상구 쪽으로 누군가가 사라지는 듯한 기척이 있었을 뿐이다.

"후미코 씨!"

후미코의 방문을 두들겼지만 대답이 없었다.

"후미코 씨!"

문에 귀를 대고 소리를 들어 봤지만 방 안은 정적이 가득했다. 느낌이 안 좋았다.

"후미코 씨!"

핸드폰으로 전화를 걸었지만 신호는 가는데 받지 않았다. 희미한 벨소리가 문 안에서 들리는 것을 느낀 황일범은 본능적으로 뭔가 이상이 생겼음을 감지했다. 아까의 그 인기척이 수상했다. 비상구 쪽으로 달려가 문을 박차고 아래를 내려다보니 두어 층 아래에서 그림자가 황급히 내려가는 것이 보였다.

"후미코 씨!"

메아리처럼 비상구에서 황일범의 소리가 울릴 때 입을 틀어막은 듯한 여인의 절규가 들렸다.

"읍읍읍!"

후미코가 분명했다. 황일범은 미친 듯이 계단을 뛰어 내려갔다. 난간 위를 훌쩍 뛰어넘어 지하로 달려가자 괴한 둘이 후미코를 납치해서 비상문을 빠져나가는 장면이 보였다.

"너희들 누구냐?"

소리를 지르자 그들은 당황하는 듯했다. 후미코의 발버둥 치는 모습이 보였다. 앞뒤 판단할 여지도 없이 황일범은 그대로 달려들어 오른쪽에 있는 괴한을 덮쳤다. 그 서슬에 괴한은 쓰러졌다. 함께 나뒹굴었던 황일범은 벌떡 일어나 정황을 살폈다. 사내 하나가 후미코를 끌고 시동 건 차를 향해 달려가는 것이 보였다. 입이 자유로워진 후미코도 소리치기 시작했다.

"일범 씨, 도와주세요!"

"후미코 씨! 거기 안 서!"

황일범은 성난 사자처럼 달려들었다. 후미코를 끌고 가던 사내가 황급히 주차장을 가로지를 때 주차장 입구에서 커다란 승합차와 승용차들이 쏟아져 들어왔다. 관광객들이었다. 환한 불빛이 비치자 사내는 이목이 너무 많다고 생각했는지 후미코를 내버리고 냅다 뛰어서 기다리던 승용차로 향했다. 뒤를 돌아보니 황일범이 쓰러뜨린 사내도 황급히 쫓아가 차에 올랐다. 요란한 타이어 마찰음을 내며 승용차가 주차장을 빠져나갔다. 번호판을 확인하려 했지만 어둠 속으로 사라져 버린 미등의 붉은 색만 보일 뿐이었다.

황일범은 주차장 바닥에 쓰러져 있는 후미코를 향해 달려갔다.

"괜찮으세요?"

"네, 괜찮아요."

주차장으로 들어오던 버스와 자동차에서 사람들이 내리면서 놀라 물었다.

"무슨 일이에요, 무슨 일?"

"아, 아무것도 아닙니다. 괜찮습니다, 괜찮습니다."

사람들은 건물 현관으로 들어오면서 계속 황일범과 후미코를 쳐다보았다. 후미코는 무릎이 살짝 까져 있었을 뿐이었다. 후미코는 다급한 얼굴로 말했다.

"일범 씨, 우리 빨리 이곳을 떠나야 해요!"

"아니, 왜요?"

"시간이 없어요. 지금은 실패했지만 저자들이 나를 잡으러 또 올 거예요."

"후미코 씨를 왜요?"

"설명은 나중에 할게요. 빨리 짐을 꾸려서 떠나야 돼요!"

후미코는 떨면서도 침착하게 마음을 가라앉히려고 애썼다. 두 사람은 떨리는 가슴을 진정시키며 객실로 올라왔다.

"제가 들어갔을 때 보니까 저의 방에 누군가 침범했더라구요!"

황일범의 말에 후미코가 고개를 끄덕였다. 이미 알고 있던 것처럼······.

"그랬을 거예요. 우리들의 일거수일투족을 처음부터 감시한 것 같아요!"

"그게 도대체 누구란 말입니까?"

"오늘 아침, 일범 씨 차를 고장 낸 것도 그자들이에요. 얘기하자면 길어요. 가면서 말씀드릴게요."

황일범은 모골이 송연해졌다. 누구길래 사람을 죽이려고까지 했단 말인가.

두 사람은 떨리는 마음을 진정시키고 짐을 대충 꾸려서 들고 엘리베이터를 통해 지하 주차장으로 내려갔다. 두려움에 떨며 후미코는 좌우를 살폈다. 사람들이 많이 오갈 때 후미코와 황일범은 종종걸음으로 달려가 세워 놓은 차에 시동을 걸었다.

"타이어 같은 거 무사한가 봐 주세요."

나가서 좌우를 살펴보니 타이어 네 개는 멀쩡했다.

"괜찮은데요?"

"어서 타세요."

차에 오르자마자 후미코는 가속페달을 밟았다. 스포츠카는 굉음을 내며 지하 주차장을 빠져나왔다.

"무슨 일입니까, 말씀 좀 해 주세요?"

"가끔 자동차 타이어를 못 쓰게 해서 도망가지 못하게 하거든요. 저자들의 수법이지요. 나를 무사히 납치할 수 있다고 생각한 것 같아요."

후미코는 날렵하게 차를 운전해서 도로로 나왔다. 리조

트에서 빠져나온 그녀는 부여 시내를 향해 달렸다.

"가장 번화한 곳으로 가야 돼요. 추격자가 있을지도 모르니까요."

뒤를 돌아다보았지만 이렇다 할 추격의 흔적은 보이지 않았다.

"무슨 일인지 말씀해 주실 거죠?"

"네!"

그녀는 부여 시내를 관통하더니 부소산성 앞의 주차장으로 차를 집어넣었다.

"이곳은 부소산성이잖아요?"

"네, 그래도 사람들이 많이 오고 가는 곳이라 안전할 것 같아요. 지금 아마, 그자들이 부여 시내 곳곳을 뒤질 거예요. 담배 혹시 있으세요?"

황일범은 그녀에게 말없이 담배를 건넸다. 차창을 열고 그녀는 담배를 한 대 피워 물었다.

"두 해 동안 끊었는데 언젠가 이렇게 다시 필 날이 올줄 알았어요. 어디서부터 말씀해야 될지 모르겠네요. 사실 저는 잡지사 기자가 아니에요."

"네?"

"저는 일본에 있는 손정금 회장님의 측근이에요."

"손정금 회장이라면 한국계라는 그 일본 최고의 IT 기업의……."

"맞아요. 회장님께서는 원대한 계획을 갖고 계세요."

"원대한 계획이라뇨?"

"2011년 일본 대지진이 일어난 뒤에 일본 사람들은 큰
패닉에 빠졌어요. 수천 년 이상 유지해 왔던 일본이라는
민족이 갖고 있던 자긍심과 민족성에 크게 금이 간 거죠.
그런데다가 공교롭게도 최근에 한류가 일본을 강타하면
서 한국계의 의미와 존재가 새롭게 부각되었어요. 손정
금 회장은 그래서 이때야말로 한국인의 얼을 일본에 심
을 때라고 생각하신 거예요. 한국과 일본의 역사는 잘 아
시잖아요. 오랜 애증의 관계……."

문화 예술이 한반도에서 일본으로 전파되기 시작하면
서 그 주력을 담당한 것은 백제였다. 백제는 불교뿐만 아
니라 한자와 유학의 이데올로기도 전파했다. 284년 백제
에서 아직기와 왕인이 논어와 천자문을 직접 갖고 일본
으로 가 태자의 스승이 되었다는 사실은 유명한 사건이
었다. 일본에 비로소 지식 체계가 들어온 셈이다. 그 후
로도 백제는 다섯 가지 유교 경전을 통달한 오경박사를
보내기도 했다. 물론 의학과 역학을 비롯한 천문, 지리
등의 각종 기술도 전파되었다. 농업기술과 관개시설 전
문가, 심지어는 옷 만드는 재봉사까지 파견했다. 한마디

로 한 나라가 굴러가는데 필요한 모든 소프트웨어를 총
망라한 격이었다.

하지만 그것은 곧 일본의 자존심을 상하게 하는 부분이
기도 했다. 천여 년을 이어오는 일본의 우리에 대한 열등
감의 시작도 그것이었다.

"아, 네 그렇죠. 임진왜란을 비롯해서 일제 강점기, 독
도 영토 문제까지……."

"맞아요. 손 회장님은 일본 대지진 이후에 옛날에 백제
에서 온 일본 내 반도 귀화인들의 정신적 귀환 운동을 계
획하고 계세요."

"정신적 귀환 운동이라면?"

"개념이 쉽진 않은데요. 손 회장님이 어려서부터 일본
에서 한국계라고 멸시당하면서 차별받으며 살아오신 삶
이 그러한 계획의 근간이 되었다고 하세요."

손정금은 일본에서 태어나 자란 재일 동포 일본인 3세
였다. 하지만 그의 민족의식은 그 누구보다 강했다. 자신
에게 한국 사람의 피가 흐르고 있음을 절대 잊지 않았고,
오히려 자랑스럽게 여기는 사람이었다. 손정금은 한류
의 새로운 중흥을 보고 사랑을 통해 수백 년 동안 일본에
열세를 보이며 그들에게 일방적으로 침략을 당해 온 한
국이 모처럼 산업이나 문화면에서 역전시키려는 야심찬

계획을 가지고 있었다. 그의 이러한 계획은 젊은 브레인들을 모으는 작업으로 시작되었다. 그의 곁에는 한국계이거나 국제적인 감각을 가진 일본인들이 모여들었다. 후미코도 그중 한 사람이었다.

젊은 인재들을 모을 때 손 회장의 방법은 독특했다. 직접 전화를 걸거나 찾아가 만나는 것이었다. 그만치 그는 정성을 들였다. 그러나 그의 이러한 원대한 계획, 다시 말해 문화적으로나 산업 경제적인 면에서 한국이 과거 백제로부터 비롯된 한국의 우월성이 역전된 것을 재역전하려는 원대한 계획은 일본의 극우파가 방해하고 있었다. 이 이야기를 들은 황일범은 입이 딱 벌어지지 않을 수 없었다.

"아, 네! 그, 그런 일이 있었군요. 말로만 듣던 손 회장님이……."

"그렇습니다. 손 회장님은 생각보다 대단한 야망을 가진 분이에요."

"아, 네!"

"평생을 살아오시면서 한국이 일본보다 우위에 서는 모습을 한 번 지켜보겠다는 걸 유일한 꿈으로 가진 분이에요. 그분의 행동 하나하나와 사업 아이디어 하나하나는 결국 그 일을 위해서 쓰여지는 것이죠."

"아, 그럼 그분이 하시는 IT 사업도……."

"그렇죠. IT 세계가 올 줄을 예견하셨고, 한국인의 정서에 IT가 맞는다는 것을 알고 그쪽으로 발 빠르게 진출하신 것이죠. 한국이 IT 강국이 된 걸 보세요. 정확한 판단이었습니다."

"그렇군요."

"한류가 언젠가는 일본을 점령할 거라고 이미 짐작하셨어요. 〈겨울연가〉가 나올 때 얼마나 기뻐하셨는지 모른대요."

"네……."

"사실, 한류 스타들은 말을 안 하고 공식적으로 발표를 안 할 뿐이지 일본 갔을 때 밤늦게나 새벽 시간에 손정금 회장을 다 만났을 거예요."

"정말입니까?"

"네, 만나서 한류 스타들이 갖고 있는 의미와 그들의 역할에 큰 기대를 갖고 부탁을 하지요. 저도 한류에 대해서 관심을 갖고 어느 방송 프로그램에 나가서 인터뷰를 했는데 며칠 후에 손 회장님이 새벽에 저희 집을 찾아오셨어요."

손정금 회장은 후미코가 살고 있는 작은 아파트로 찾아와 그녀를 불러냈다. 처음에는 손 회장이 자신을 부른다는 사실을 믿지 못했다. 하지만 정말 손 회장이라는 사실을 알고 그녀는 아파트 주차장에 서 있는 손 회장의 승용차 마이바흐에 올랐다. 손 회장은 반갑게 손을 내밀며 말을 걸었다.

"후미코 상, 저번에 방송에 나와서 한류에 대해서 하신 말씀 감명 깊었습니다. 한류의 역사가 과거 백제 시절부터 도래(渡來)민들이 일본의 주류를 형성했기 때문에 한국의 음악이나 정서가 바로 받아들여질 수 있다는 이야기는 뛰어난 의견이었습니다."

"저는, 그냥 제가 맞다고 생각하는 걸 얘기했을 뿐이에요."

후미코는 말로만 듣던 손 회장을 직접 만나고 있다는 사실이 얼떨떨했다.

"앞으로 자주 연락해도 되겠습니까?"

"아, 저야 뭐!"

"그러시군요. 저를 도와주시는 것에 대해 작은 보답을 하고 싶어요."

"그럴 필요 없으세요."

"아닙니다. 듣자 하니, 지금 사시는 아파트가 렌트라고 하던데 그 아파트를 제가 선물로 사 드리면 어떨까요?"

"네?"

후미코는 깜짝 놀랐다. 그녀가 세사는 아파트는 동경 시내에 있어 가격이 제법 비쌌기 때문이다.

"아, 다른 뜻이 있어서는 아니구요. 제가 그만큼 후미코 양의 후견인이 되고 싶다는 뜻입니다."

결국 며칠 뒤 후미코는 자기의 명의로 변경되어 있는 아파트 등기 문서를 받아들 수 있었다. 그 이야기를 들은 황일범은 더더욱 놀라웠다.

"그것 땜에 한국을 오신 겁니까, 그러면?"

"네, 기사를 쓰고 취재하는 것도 목적의 일부지만 사실 은 이렇게 된 이상 말씀드리지 않을 수가 없군요. 손 회 장님은 한류를 좀 더 발전시켜서 이쪽 부여 지역을 전 세 계 한류 문화의 성지로 만드실 생각이세요. 백제의 뛰어 난 문화가 천사백여 년 뒤에 다시 한류를 통해 꽃핀다는 원대한 계획을 가지신 거죠. 전 세계 문화 예술인들이 백 제와 부여에 찾아와 이곳에서 문화의 향기를 느끼고 기 쁘게 그 문화의 세례를 받고 가는 거죠."

"아, 네."

후미코는 잠시 망설이다 다시 말을 이었다.

"공개할 이야기는 아니지만 오늘 우리가 들른 부여에 있는 고분군들도 지금 연구가 진행 중이에요. 일본 고고 학자들이 과거 식민지 시대에 조사한 내용이 사실은 은

폐되어 있거든요. 그때의 자료들을 가지고 있는 사람들을 포섭해서 전문 학자들에게 연구비를 지급해서 회장님이 어느 왕의 무슨 무덤이었는지를 샅샅이 조사 중이세요. 무덤들의 주인이 밝혀지면 정말 놀라운 일이 벌어질 거예요."

"그, 그게 가능한가요?"

황일범은 마치 소나기 쏟아지듯 퍼부어지는 놀라운 미스터리에 정신을 차릴 수가 없었다.

"일본 내부에 비밀문서들이 있는 걸로 알고 있어요. 핵심 고고학자들이 연구한 자료를 통해서 이 무덤들의 부장품이나 도굴된 물건들을 수집해서 지금 증거에 입각한 연구가 진행 중이에요. 사라진 백제의 역사를 복원하는 거죠."

너무나 원대한 계획에 황일범은 할 말이 없었다.

"저는, 그 계획에 깊이 관여하고 있어요."

"그렇더라도 왜 이런 위험한 일이 벌어지는 거죠? 그게 무슨 돈 되는 일도 아니고요?"

"네, 그렇죠. 한데, 그걸 아마 일본 극우파에서 안 모양이에요. 이 연구를 가장 못마땅해하는 것이 그들이거든요. 그래서 저를 납치해서 손 회장에 대한 비밀을 캐고자 했던 것 같아요."

"왜, 그런 짓을 하는 거죠. 일본 극우파가?"

"위기의식을 느끼는 거죠. 일본이 침몰할 거라든가, 일본의 부와 번영이 오래 가지 못할 거라는 불안감을 그들은 항상 가지고 있어요. 그러던 차에 이번에 지진이 나고 일본이 위기를 겪자 시스템의 문제들을 어떠한 공격 대상을 찾아서 그들에게 돌리려는 거죠. 크게 보면 일종의 마녀사냥이기도 하고 집단 따돌림이기도 해요. 그 주된 타킷이 손 회장이라고 알고 있어요. 일본 내 한인 중심의 원대한 비밀 프로젝트의 일부가 그들의 감시망에 걸린 것 같아요. 한국에 올 때 예감이 안 좋긴 했어요. 그래도 한국은 치안이 잘 되어 있는 나라라서 믿었는데……."

결국 황일범은 자신도 모르게 이 거대한 음모에 말려든 셈이었다.

"죄송해요. 미리 말씀드렸어야 하는데 허황된 얘기라고 아예 절 만나 주지도 않으실 것 같아서요……."

후미코는 말을 마치자 바람 빠진 풍선처럼 꼿꼿이 폈던 허리를 시트에 묻었다. 강인하고 냉철하게 보이던 후미코가 갑자기 가녀린 소녀처럼 보였다. 아무리 원대한 뜻을 지닌 여자라고 해도 신체적 위해의 공포는 이길 수 없었던 것 같았다. 아직도 가늘게 떨리는 손으로 헝클어진 머리를 쓸어 넘겼다. 황일범은 자신도 모르게 그녀의 볼에 왼손을 댔다. 측은하고 안쓰러웠기 때문이었다. 차가운 볼이었다. 순간 그녀는 그의 손등에 얼굴을 밀착해 왔다. 자기도 모르게 황일범은 그녀의 얼굴에 자신의 얼굴을 가져갔다. 떨리는 입술에 황일범의 입술이 닿았다. 반쯤 열린 입술 사이로 깔깔한 그녀의 혀가 느껴졌다. 위기 상황을 같이 겪어 낸 동질감은 결국 충동적인 키스로까지 이어진 거였다. 그녀의 촉촉하고 부드러운 입술에 황일범은 정신이 혼미해지는 것 같았다. 아내와 떨어져 산 지 몇 년, 여자의 체취가 자신도 모르게 그리웠는지도 모른다. 온몸의 세포들이 일제히 일어나 반응했다. 후미코는 황일범의 목에 매달리며 간절한 몸짓으로 그의 입술을 더 깊이 받아들였다.

잠시 후 두 사람은 떨어져서 각자 앞을 주시했다. 머쓱해서 서로 얼굴을 마주 볼 수 없었다.

"미 미, 미안합니다."

황일범이 더듬대며 말했다.

"풋!"

후미코는 웃었다.

"왜 왜, 웃으시죠?"

"사실, 제가 회장님의 사람이 된 것은 저의 남자 친구 때문이었어요."

"아, 남자 친구가 있으세요?"

"지금은 이 세상에 없……."

그때였다. 그들이 세워 놓은 주차장 앞으로 두어 대의 자동차가 들어오려고 유턴을 했다. 헤드라이트 불빛이 주차장을 향해 비치자 후미코는 자동차에 황급히 시동을 걸었다. 묵직한 엔진 음이 느껴졌다.

"그자들이에요. 벨트 매세요!"

황일범이 벨트를 매자 후미코는 가속페달을 있는 힘껏 밟았다. 차들이 미처 유턴하기도 전에 그녀는 그대로 백강 쪽으로 차를 몰았다. 시내에는 차가 별로 없었지만 신호등은 규칙적으로 바뀌고 있었다. 후미코는 신호등을 모두 무시했다. 자동차는 날렵하게 앞에 가고 있는 차를 비껴가며 중앙선을 무시하며 달리더니 군청 앞 로터리에서 우회전을 해서 빠르게 다리를 건넜다. 따라오는 승용차들도 무서운 속도로 달려왔다. 등골이 오싹해지며 황일범은 이러지도 저러지도 못했다. 한밤중에 도심에서 자동차들이 굉음을 내며 영화와 같은 추격전을 벌이는 것이었다. 후미코는 믿을 수 없는 운전 실력을 발휘했다. 드리프트라든가 점프는 기본이었다. 그녀는 공주 쪽을 향해 미친 듯이 차를 달렸다. 앞의 대시보드를 붙잡고 있는 황일범의 손에선 땀이 흘렀다. 숨이 막히는 공포에 말도 제대로 꺼낼 수 없었다. 달려오는 트럭이나 승용차들 사이를 미꾸라지처럼 빠져나갔다. 추격하던 승용차 한 대가 마주 오던 다른 승용차와 접촉 사고가 일어나며 나뒹구는 것이 보였다. 뒷유리로 보던 황일범은 소리쳤다.

"차 한 대가 뒤집어졌어요!"

후미코는 대답하지 않았다. 비둘기를 노리는 매처럼 그녀는 앞길을 주시하며 운전에 몰입했다. 작지만 빠른 스포츠카를 그녀가 타는 이유가 바로 이것이었나 싶었다. 공주 시내를 들어서자 차들이 다시 많아졌고 후미코는 추격을 따돌렸다.

마더

  후미코가 운전하는 자동차는 공주 시내의 주택가 골목을 지나갔다. 그리고는 허름한 장급 여관의 번호판을 가리는 커튼 밑으로 들어갔다.

  "오늘은 여기서 일단 쉬도록 하지요."

  두 사람은 여관 프런트로 향했다.

  "죄송하지만 방은 하나만 빌릴게요. 따로 빌리면 또 의심을 받을 것 같아서……."

  후미코의 말을 듣고 황일범이 프런트로 다가가 말했다.

  "방 하나만 주세요."

  하품을 하던 카운터를 보는 사내는 뒤늦게 러브호텔을 찾아온 연인인 줄 알고 그들에게 열쇠를 내밀었다. 아까까지 묵었던 리조트와는 비교도 되지 않게 조악한 방에 들어선 그들 두 사람은 어색한 기분이었다. 트윈 베드가 놓여 있어 그나마 다행이었다.

후미코는 자연스럽게 말했다.

"제가 먼저 씻겠어요."

"아, 네."

무료해진 황일범은 텔레비전을 켰다. 본의 아니게 그녀와 같은 방을 쓰게 된 상황이 몸둘 바를 모르게 했다. 잠시 후 그녀는 목욕 타월을 두르고 나왔다.

"들어가서 씻으세요."

황일범이 눈도 제대로 못 마주치고 옷을 입은 채로 욕실로 들어갔다. 거울을 보며 옷을 하나씩 벗었다. 찬물로 샤워를 했지만 놀란 가슴은 진정되지 않았다. 영화에서나 보던 일이 자신에게 벌어졌기 때문이었다. 하지만 이것은 분명한 현실이었다. 아까 먹은 맥주는 이미 다 깨서 취기는 사라지고 없었다. 조심스럽게 몸의 물기를 말리고 밖으로 나가 보니 그녀는 이미 가늘게 코를 골며 잠을 자고 있었다. 도대체 정체를 알 수 없는 여자였다. 그런 일을 겪고 태평하게 잠을 잘 수 있다니……

황일범도 침대 한쪽으로 누워 팔베개를 하고 깊은 생각에 빠졌다. 후미코에게 들은 이야기들을 하나씩 반추해 보았다. 일본에 그러한 거대 조직이 있어 그런 야망을 실

현하고 있다는 것은 미처 생각도 못했던 사실이다. 생각
이 꼬리에 꼬리를 물어 잠이 오질 않았다. 밤새 황일범이
잠을 이루지 못하고 뒤척이고 있을 때였다. 후미코가 조
용한 목소리로 물었다.

"잠이 안 오세요?"

"아, 네. 주무시는 줄 알았더니…… 죄송합니다."

"긴장이 풀려서 잠시 깜박했어요."

"아, 그러셨군요."

황일범은 더 이상 할 말이 없었다. 방 안엔 어색한 침묵
만 흘렀다.

갑자기 그녀는 작게 흐느껴 울기 시작했다.

"흑흑흑흑!"

"아니 제가 무슨 실수라도……."

"아니에요. 미안합니다. 폐를 너무 많이 끼쳤어요."

그녀는 계속 흐느껴 울었다. 같은 공간에 있는 여자가
알 수 없는 이유로 눈물을 흘리고 있는 건 견디기 힘든
일이었다.

"제가 뭐 도와드릴 거라도?"

후미코는 잠시 머뭇거리다 달뜬 모습으로 말했다.

"저 좀 안아 주실 수 있으세요?"

"아, 네?"

황일범은 귀를 의심했다. 잠시 후 황일범은 떨리기 시작하는 가슴으로 그녀에게 가까이 다가갔다. 그가 다가서자 그녀는 이불을 들춰 올렸다. 창밖으로 들어오는 희미한 불빛에도 그녀가 아무것도 입지 않았음을 알 수 있었다. 황일범이 멈칫하자 그녀는 말했다.

"들어오세요."

이 무슨 난데없는 행동인가 싶었지만 후미코는 그 안에서 자신을 기다리고 있었다. 황일범은 힘겹게 자신의 몸을 그녀가 들춘 가벼운 인조견 여름 이불 밑으로 집어넣었다. 부드럽고 따뜻한 여인의 살결이 그의 몸에 닿았다. 황일범은 자신의 남성이 뜨겁게 일어서는 것을 느꼈다. 후미코는 몸을 돌려 그의 품을 파고들었다. 잠시 망설이던 황일범도 그녀를 꼭 끌어안았다. 얼마 만에 안아 보는 여자인지 몰랐다. 격렬한 입맞춤이 있었다. 거친 숨을 몰아쉬며 황일범은 속옷을 벗었다. 황일범에게 이성적인 판단이라는 것은 이미 없었다.

격렬한 섹스가 끝나고 난 뒤 그들은 나란히 누웠다. 절정의 순간이 지나고 나자 황일범의 가슴속에는 뒤늦은 회한이 가득 찼다. 아내와 딸이 있는 자신이 이게 무슨 짓인가 싶었기 때문이다. 후미코는 그의 그런 심정을 알았는지 속삭이며 말했다.

"미, 미안해요"

"아, 네. 괜찮아요."

둘은 담배를 나눠 피웠다. 순식간에 작은 여관방은 담배 연기로 가득했다. 재떨이에 담뱃불을 비벼 끄고 일어나 창문을 연 그녀의 벗은 뒷모습이 단아했다. 다시 침대로 돌아온 그녀는 그의 팔을 베고 누워 말했다.

"당신 닮은 저의 남자 친구 이름은 노조무 시라카이였어요."

"……."

"지금은 죽었지만 저의 첫사랑이자 마지막 사랑일 거예요."

후미코는 사랑하는 남자를 잃은 여자였다. 처음 만났을 때의 그 우수 어린 모습의 원인을 알 수 있었다.

"대학에서 만났는데 독특한 친구였어요. 조금 친해지자 자기는 조상이 옛날에 백제에서 건너온 사람이라고 말했어요. 저는 그때 백제가 어느 나라인지도 잘 몰랐었거든요."

"아, 그렇군요."

"노조무는 자신의 성에서부터 백제의 글자가 들어 있다고 했어요. 황산벌에서 계백이 지고 난 뒤 사비성이 무참히 무너졌잖아요. 그때 많은 백제 사람들이 일본으로 건너왔다고 해요. 일본에서는 그 사실을 다 인정하고 있고 그때 건너온 백제의 문화가 오늘날 일본의 문화라고 인정하는 분위기지요."

두 사람은 과거 백제와 일본의 관계를 담담하게 이야기하고 있었다. 어느새 동편으로 난 조그마한 창에서 희뿌옇게 날이 밝아 오는 것이 보였다. 새벽이 오고 있었다.

딸인 민지가 황일범을 끌어안고 뺨에 뽀뽀를 해댔다.

"민지야, 사랑해 사랑해."

솜털같이 보드라운 민지의 뺨을 끌어안고 황일범은 나른한 행복에 젖어 들었다. 옆에서는 아내가 지켜보고 있었다. 그들 가족은 소풍을 나와 파란 초가을 하늘을 올려다보며 잔디밭에 누워 행복한 시간을 보내는 중이었다. 민지의 유리알 같은 웃음이 파란 하늘로 산산이 흩어져 날아오를 때였다.

"일범 씨, 일어나세요!"

후미코의 목소리에 황일범은 눈을 떴다. 창밖으로는 어느새 환한 햇살이 들이치고 있었다.

"지금 몇 시죠?"

"아홉 시 다 됐어요."

"아, 네. 깜빡 잠이 들었군요."

공주의 장급 여관에서 잠이 든 황일범은 상체를 일으켰다. 후미코는 어느새 샤워를 했는지 옷을 입고 황일범을 깨우는 거였다.

"황급히 일본으로 돌아오래요. 회장님께서 연락이 왔어요. 어제의 사건을 보고받으시고는 제 신변이 위험하다고 하네요."

섭섭한 마음을 달래며 황일범은 재빨리 샤워를 하고 옷을 입었다. 그들은 조심스럽게 문을 열고 복도 좌우를 살핀 뒤 뒷문을 나와 주차장으로 향했다. 세워 놓은 자동차에 오른 뒤 후미코는 시동을 걸고 인천공항을 찍어 달라고 했다.

"지금, 바로 인천공항으로 가시게요?"

"네, 회장님이 비행기를 보내신대요."

내비게이션은 이윽고 경로를 찾아 안내를 시작했다. 그녀는 차를 몰고 LCD 화면이 보여 주는 대로 방향을 잡아 인천공항으로 향했다.

"이렇게 빨리 돌아가시게 되어 섭섭합니다."

한참 동안의 침묵 후 황일범이 말했다. 후미코는 이미 지극히 사무적으로 변해서 어젯밤 함께했던 여자가 아닌 것만 같았다.

"아니에요, 예상했던 일이에요. 지금 극우파는 우리 손 회장님 신변과 주위를 물샐틈없이 감시하고 있거든요."

"아, 네! 그러면 이 일은 여기서 중단인가요? 한류 잡지 만드는 일은 그냥 위장전술이었나요?"

"아니에요, 분명히 그것도 사업의 일부였어요. 하지만 저 말고도 이 일에 관여하는 사람들은 많으니까 아마 다른 식으로 연락이 갈 겁니다."

"저한테요?"

"네, 황일범 씨는 우리 조직에서 중요한 사람으로 인정받고 있어요. 이론적 배경이 필요하니까요. 제가 또 일본 가서 보고를 하면 여러 가지로 도움을 요청하게 될 거예요."

황일범은 고개를 끄덕였다. 후미코와의 인연이 아주 끊긴 것은 아니었다. 하지만 쉽게 다시 만나지는 못할 것이 분명하다는 예감이 너무 강했다. 차는 이윽고 고속도로로 진입을 했다.

"사실, 저는 어제도 말씀드렸지만 저의 남자 친구 때문에 이 문제에 관심을 갖게 됐어요."

"그 노조무 시라카이라는?"

"맞아요, 시라카이[白階] 성씨는 옛날에 계백을 거꾸로 한 거예요. 흰 백자에서 사람 인 변이 빠진 거지만요."

"그게 무슨 말이죠?"

황일범은 머릿속이 갑자기 텅 비는 것 같은 충격을 받았다.

"계백의 계씨는 섬돌 계자인데 지금 한국에는 없지요, 아마?"

"네, 없는 걸로 알고 있어요."

"일본에는 계백의 성을 앞뒤로 바꿔서 만든 한국계 성씨가 있다고요. 그게 바로 시라카이에요."

"그러면 계백의 일가들이 일본으로 갔다는 얘긴가요?"

후미코는 고개를 저었다.

"아니에요. 일가가 아니라 직계 후손이오!"

"뭐라고요? 그럼 계백의 자식들이란 말인가요?"

"네, 맞아요."

"계백은 아내와 자녀들의 목을 베어 죽이고 황산벌로 나갔는데요?"

"기록엔 그렇게 남아 있지요. 신라군들에게는 그렇게 전달됐을 거예요. 역사라는 건 승자의 기록이니까요. 승자의 기록이라는 것은 일방적인 기록 아니겠어요? 일방적이라는 건 결국 속이기도 쉽다는 것이지요. 시라카이에게 들은 이야기가 있어요. 집안에서 비밀리에 전해져 내려오는 이야기라고 하지요."

"그러면 그때 백제가 멸망하던 그때의 일입니까?"

"맞아요."

　계백이 황산벌에서 패배를 감지했을 때는 이미 해가 질 무렵이었다. 결사대는 독기를 품고 악으로 뭉친 신라군을 당할 수가 없었다. 그전까지 결사대는 죽기를 각오하는 마음으로 싸워 승리를 거두었지만 신라군 역시 관창을 포함한 젊은 화랑들의 죽음을 통해 악에 받쳐 달려드는 데는 견딜 수가 없었던 것이다. 일방적으로 빠르게 궤멸되는 결사대의 숫자를 헤아리며 계백은 마지막으로 옆에 있는 검니에게 말했다.

"검니, 너에게 마지막 명령을 내리겠다."

"말씀하십시오, 장군!"

　검니는 이미 온몸이 피투성이가 된 채로 뽑아 든 칼을 방금 쓰러뜨린 신라군의 시체에 닦으며 말했다.

"칼을 버려라!"

"예! 무슨 말씀이십니까?"

"너는 어떻게든 살아서 돌아가야 한다. 나는 죽지만 우리 백제를 위하여 후일을 도모해라!"

"장군, 저도 함께 이 자리에서 죽겠습니다!"

　검니는 고개를 강하게 저었다.

"그렇지 않다, 너는 살아야 한다. 나는 애초부터 이 싸움이 승산 없다는 걸 알았다. 내가 죽으면 우리의 사비성은 바로 점령이 될 것이다. 지금은 비록 하늘이 우리의 편이 아니지만 먼 훗날 다시 백성들의 세력을 규합한다면 충분히 백제를 다시 세울 가능성이 있다. 당나라와 신라가 힘을 합쳤다지만 이들이 계속 우리 강역에 머무를수는 없는 법이다. 모든 점령군들은 그런 법이다."

계백의 말은 맞았다. 점령군들은 모두 일거에 힘을 합쳐 몰려 들어오지만 그 땅을 점령한 뒤에는 철수할 수밖에 없는 것이 숙명이었다. 계백이 생각하는 것은 바로 그 시점이었다. 준비되지 않은 왕 때문에 나라는 멸망하지만 백성들이 있고 뛰어난 장수만 있다면 언제든 새로운 지도자를 중심으로 재건할 수 있다는 생각 때문이다.

"하지만 망한 나라에서 어찌하라는 말씀이십니까?"

"기회를 엿보아라. 내가 너를 측근으로 거느리고 키웠던 이유는 바로 그것이다. 나의 명령이니 너는 살아서 돌아가 먼 훗날을 기약해라!"

"주군!"

검니는 부르르 떨며 무릎을 꿇었다. 같이 싸우다 죽는 것이 자신의 운명이었지만 계백의 명령을 수행하는 것은 멀리 내다보는 크나큰 꿈을 이루는 것이었다.

"어서 후퇴하여 사비성을 지켜라. 지키다 안 되면 그때
는 산으로 들어가도록 해라. 그리고 뜻을 세워 언젠가 반
드시 다시 일어나라!'

검니는 계백의 뜻이 확고함을 알았다. 멀리 남방의 피
를 이어받은 자신이었지만 이제 백제의 부활은 거부할
수 없는 숙명이었다. 검니는 무릎을 꿇은 뒤 갑옷을 벗었
다. 패잔병으로 위장하기 위해서였다.

"장군, 저는 장군의 명을 어긴 것이 하나 있습니다!'

떠나기 전에 검니는 계백에게 고했다.

"무엇이냐?'

"부디 용서하십시오!'

두 사람의 절체절명의 순간이 다가오고 있었다. 계백을
수호하는 최후의 방어선에서 전투가 벌어진 것이다. 신
라군들이 밀려오고 있었다.

"무슨 명령 말이더냐?'

"사비성을 떠나오던 날 차마 마님과 식솔들을 죽일 수
가 없었습니다.'

"무, 무엇이?'

계백은 지난번 기억이 되살아났다. 분명히 비명 소리가
나며 피 냄새가 진동을 했는데……

"그러면 네가 도대체 누구를 처단한 것이냐?'

"장군의 노비들과 다른 자들을 처형했습니다. 그들은 기꺼이 목을 내밀었습니다. 살아남은 분들은 제가 금강 건너편에 있는 어촌의 믿을 만한 지인에게 부탁해 놓았습니다."

"……."

계백의 눈에서 뜨거운 눈물이 흘렀다. 자기의 명령을 어긴 검니지만 이 순간 그의 처사를 탓할 수 없는 것이 아비이자 남편의 마음이었다.

"알았다, 모든 것을 네게 맡기마. 이제 나는 편히 죽을 수 있을 것 같구나. 이제 백제는 영원할 것이다!"

계백은 말을 마친 뒤 부복하고 있는 검니를 돌아다보지도 않고 말에 올랐다.

"백제의 영웅들이여, 굴욕적으로 사느니 장렬히 죽자! 나를 따르라!"

불안에 떨던 수십 명의 호위대가 계백의 뒤를 따라 불덩이에 뛰어드는 부나방처럼 함성을 지르며 신라군을 향해 달려갔다.

"저자가 계백이다. 죽여라!"

장군 기를 보고 수없이 많은 신라군들이 계백을 에워싸고 또 에워쌌다.

"네 이놈들!"

계백은 마지막 힘을 다해 칼과 창을 휘두르며 신라군을 쓰러뜨렸다.

나무 둥치 뒤에 숨어 이를 바라보던 검니는 옆에서 주인 잃고 서 있는 말을 집어타고 달렸다. 10여 명의 부하 장수들이 역시 패잔병의 모습으로 그의 뒤를 쫓았다. 5천 결사대는 이렇게 스러졌다.

검니는 죽을힘을 다해 금강 하류 쪽을 향해 말을 달렸다. 그날 밤 야심한 때 금강 변의 어촌 고을에는 검은 그림자가 나타났다. 검니였다. 그는 변복을 하고 어부의 허름한 초가집 광 속에 숨어 있는 계백의 아내와 식솔들을 찾아왔다.

"부인, 안타깝게도 장군께서는……."

계백의 아내는 이미 그 사실을 안다는 듯 고개를 끄덕였다. 옆에 있는 소실과 자식들 10여 명도 눈물을 흘리며 이를 악물었다. 자신들이 죽어야 될 운명이었음에도 불구하고 이렇게 산 것은 오로지 충성스러운 검니 덕분임을 알았기 때문이다.

"이제 사비성도 곧 무너질 것입니다. 남은 일은 하나, 몸을 피하여 먼 훗날을 도모하는 것입니다!"

"장군, 우리를 어찌하면 좋겠습니까? 어디로 몸을 피한단 말입니까?"

"저에게 생각이 있습니다. 여기서 좀 더 바닷가 쪽으로 가시면 그곳에 저의 숨겨 둔 부하들이 있습니다. 그들과 함께 훗날을 도모하셔야 합니다!"

"훗날이라니요?"

"왜에서 도움을 줄 것입니다. 고생이 되시겠지만 왜로 건너가셔서 목숨을 보존하십시오. 저는 이곳에 남아 훗날을 기약하겠습니다."

그때 이미 백제가 멸망한다는 것을 알고 돈이 있는 귀족들이나 어부들은 자신의 배에 모든 짐을 싣고 식솔들과 함께 먼 바다로 나가 왜로 향하고 있었다. 서해 바다에 온통 피난 배들이 가득 떠 있는 상황이었다. 꺼져 가는 나라의 운명 앞에서 보호막을 잃은 백성들은 부초처럼 각자 살길을 도모하는 거였다. 계백의 아내로서는 대안이 없었다.

"이 자리에서 죽고 말겠습니다. 우리 장군께서 죽은 상황에 내가 살아 무엇을 하겠습니까!"

"부인, 정신을 차리십시오. 지금 저 자제분들을 생각하셔야죠. 훗날 백제를 살리고 일으킬 아이들입니다. 잘 키우셔서 백제를 재건하는 것이 부인이 하실 일입니다."

계백의 아내는 눈물을 흘렸다. 검니의 말이 다 맞았다. 그것만이 이 시점에서 원수를 갚을 수 있는 유일한 길이었다.

밤을 도와 검니는 계백의 아내와 자녀들을 이끌고 바닷가로 나아갔다. 그곳에 정박해 있는 배에 식솔들을 태우고 나서 경호할 수 있는 무사들까지 함께 동행시켰다. 그리고 검니는 육지에 남았다.

"장군도 같이 가시지요."

계백의 가족들이 간청했다.

"아닙니다, 저는 주군에게 받은 큰 명령이 있습니다. 그 명령을 이행해야 합니다. 일단 사비성을 지킬 것입니다."

배는 물때에 맞추어서 큰 바다로 조용히 빠져나갔다. 당나라 해군들이 백강 안으로 진군해 들어와 있는 바람에 조용히 큰 바다로 빠져나가는 것은 어렵지가 않았다. 그들의 배 말고도 여기저기서 수많은 배들이 백제를 떠나 남으로 향하고 있었다. 잠시 후 배들은 먼 바다의 한 점이 되어 사라졌다.

"가자!"

배가 떠나가는 것을 본 뒤에 검니는 말을 달려 다시 사비성으로 향했다.

7월 9일 황산벌에서 첫 전투가 벌어진 뒤 불과 일주일도 지나지 않아 사비성은 위기에 빠졌다. 사비성을 포위한 신라군들은 함성을 질렀다. 그 함성은 땅을 울리고 지축을 흔들었다. 사비성을 지키던 군사 5천은 손들어 투항하기 바빴다. 결국 백제의 사비성은 이렇게 힘없이 함락되었다. 7월 18일의 일이었다.

"그, 그게 입증할 가능성이 있는 겁니까?"

계백의 후손 이야기를 들은 황일범이 숨 가쁘게 물었다. 후미코는 고개를 끄덕였다.

"거짓말, 아닐 거예요. 제 남자 친구가 그 증거니까요!"

"그런데 남자 친구는 왜?"

후미코는 말문이 막혔다. 갑자기 침묵이 고이자 황일범은 질문을 잘못했다는 생각이 들었다.

"죄송해요, 그만……."

"괜찮습니다. 2009년 9월 4일, 출근길에 죽임을 당했어요."

"……."

"교통사고를 위장했지요. 황일범 씨 자동차에 했던 것과 똑같은 수법이었어요."

후미코의 눈에서 눈물이 흐르고 있었다.

"죄, 죄송합니다."

사랑하는 남자의 죽음을 본 후미코가 결국 손 회장과

힘을 합치게 된 것도 그 이유 때문이었던 것이다. 빨리 화제를 바꿔야만 했다.

"그 뒤로 일본으로 건너간 백제 유민들은 모두 어떻게 됐습니까?"

"네, 지금 백제의 후손들은 일본의 상류층을 형성했었구요. 지금은 동화되었지만 이름과 성에서 흔적을 찾을 수 있지요."

"그랬군요!"

"이 사실은 제 남자 친구의 집안에서만 알려져 오는 이야기에요. 워낙 오래전이어서 어디까지가 사실이고, 어디까지가 허구인지는 알 수 없어요. 하지만 성이 남아 있는 걸 보면 근거가 없는 건 아니에요. 전 믿고 싶어요."

황일범은 역사는 살아 있다는 것을 다시 한 번 느껴야만 했다. 1400여 년 전 옛날이야기였지만 이렇게 그 길고 긴 핏줄은 면면히 흘러내려와 오늘날까지도 계백은 그 삶의 의미를 갖고 있었던 것이다.

어느새 자동차는 인천공항 고속도로를 달리고 있었다.

"그리고 제가 듣기로는 그 검니라는 사람은 백제 재건 운동에 나섰다고 하더라구요."

후미코가 말했다.

"검니가요?"

"네, 이가 검다고 그러던데 혹시 역사책에 그런 사람은 없었나요?"

백제 재건운동을 일으킨 것은 흑치상지였다.

"흑치상지(黑齒常之)라고 있지요."

"흑치가 바로 검니 아닌가요?"

그 순간 황일범은 강하게 충격을 받는 느낌이었다. 거기까지는 생각하지 못했던 것이다.

"그렇군요, 맞아요. 흑치상지가 그 뒤에 백제 재건운동을 크게 일으켰지요. 물론 실패하고 말았지만……."

역사의 아귀가 맞아떨어지는 것만 같았다.

흑치상지는 백제가 멸망하자 바로 군사들을 모았다. 흑치상지가 재건을 한다는 말이 들려오자 수많은 군사들이 몰려들어 3만 명 가까운 군사력이 그에게 집결되었다. 당시의 국력으로 본다면 60퍼센트 정도의 군사력을 그는 가지고 있었던 것이다.

"우리는 백제를 반드시 재건할 것이다!"

그는 임존성(任存城)에서 저항하며 기회를 노렸다. 하지만 이미 신라군과 당나라 군사는 백제 전역을 접수했다. 무엇보다 이미 대세가 기울었다는 것을 알게 된 부하 장수들은 그의 통솔에 쉽게 응하지 않았다.

"나가서 쳐야 합니다. 우리가 이렇게 성에서만 모여 있는 것은 유리하지 않습니다."

부하 장수 중의 한 사람이 말하면 그다음에 다른 의견이 반드시 나왔다.

"아닙니다, 이곳을 지키면서 시간을 벌어야 합니다."

의견이 분분한 것은 결국 알고 보면 그들의 계산속에 의한 것이었다. 일부는 버팀으로써 흑치상지가 망하게 되면 자신이 얻을 수 있는 게 무엇인가를 생각했다. 반대로 나가 치자는 자들은 또 다른 계산속이 있었다. 강경한 모습으로 반대파를 압도하려는 의도였다. 패잔병은 역시 패잔병이었다. 아무리 그들을 규합하고 힘을 합치려 해도 내분을 이겨 낼 수는 없었다. 게다가 흑치상지에게는 계백과 같은 강력한 지도력도 부족했다.

그렇게 시간을 지체하고 있는 동안 결국 나당연합군은 흑치상지를 공격해 왔다. 흑치상지는 그들의 총공격 앞에서 견뎌 낼 재간이 없었다. 자결하는 것이 옳았으나 계백의 유지가 떠올랐다. 끝까지 살아남아 백제를 지키라는 그 말, 결국 흑치상지는 당나라 고종이 보내 온 사신 유인궤(劉仁軌)에게 항복을 하고 말았다. 유인궤는 그에게 말했다.

"장군처럼 놀라운 용력을 가진 자가 이런 작은 나라 백

제에서 산다는 것은 안타까운 일이오. 당나라에 들어오
면 내가 당신의 미래를 보장해 주겠소."

흑치상지는 당에서 세력을 쌓은 뒤 다시 고국으로 돌아
온다면 훗날을 도모할 수 있을 거라는 생각을 했다. 그리
하여 흑치상지는 당나라로 건너갔고 당나라의 장군이 되
었다.

하지만 점령국에서 온 장군의 능력이라는 것은 결국 소
모품의 역할 내지는 용병의 의미를 벗어날 수 없었다. 그
는 돌궐을 격파하는 등 무공을 세웠지만 결국은 반란을
꾀한다는 무고를 당해 아깝게도 형장의 이슬로 사라지고
말았다.

당나라에 같이 체포되어 간 의자왕은 사비성이 포위되
자 웅진성으로 피난을 했다. 하지만 그 웅진 역시도 버티
기는 힘들었다. 백제가 멸망한 뒤 의자왕은 왕자들과 함
께 백성 12,000여 명이 당나라로 끌려갔고 그 울화를 이
기지 못해 결국 그곳에서 병사(病死)하고 말았다.

"맞아요, 태자 부여융의 묘가 낙양에서 발견되었어요.
묘라기보다는 지석이 발견되어 확인할 수 있었던 것이지
만……."

"그렇지요."

"패망한 나라의 왕의 운명은 그렇게 비참한 거예요."

후미코는 말했다.

"그 뒤 663년 백제 사람들은 다시 왜와 연합군을 만들어서 백제를 재건하겠다고 쳐들어왔지만 결국 패전하고 말았어요. 이미 운명이 다한 거지요."

"맞습니다. 그때 만약에 다시 백제를 재건했더라면 어떻게 될지 몰랐는데……."

"흘러간 역사지요."

후미코는 인천공항 2층 대합실에 차를 댔다. 그러자 기다렸다는 듯 건장한 사내 두어 명이 그녀의 차로 다가왔다. 황일범이 차에서 내리자 그들은 후미코의 짐을 받아 들었다.

"누 누구죠, 이 사람들은?"

황일범이 긴장했다.

"걱정 마세요. 회장님이 보낸 경호원들이에요."

"아, 네."

황일범은 고개를 끄덕였다.

"전용 비행기를 보내 주서서 바로 떠나야 될 것 같아요. 일범 씨, 짧은 시간이었지만 고마웠어요."

후미코는 그에게 손을 내밀었다. 황일범은 부드러운 그녀의 손을 살짝 잡았다 놓았다.

"앞으로 자주 보게 될 거예요."

"아, 네. 그러길 바랍니다."

"그리고 이거는 수고비예요."

후미코는 봉투에 담은 돈을 두 손으로 정중히 내밀었다.

"아닙니다. 뭐 도와드린 것도 없는데……."

황일범은 극구 사양했다.

"아니에요, 받아 주세요. 회장님의 뜻이에요."

옆에 있는 경호원들이 쳐다보고 있어 계속 사양할 수는 없었다. 황일범은 받아서 되는대로 품 안에 집어넣었다.

"조심해서 돌아가세요……."

"아, 네."

후미코는 황급히 VIP용 출국장으로 들어섰다. 그녀가 떠나자 경호원들도 흩어졌다. 황일범은 대합실에서 다시 밖으로 나왔다. 백일몽 같았다.

어느새 끝난 장마는 뜨거운 햇살로 그를 비추었다. 경호원 한 사람이 다가와 물었다.

"후미코 상께서 황 선생님 차를 수리할 동안 이 차를 쓰시라고 부탁하셨습니다."

그녀와 함께 타고 온 자동차를 말하는 거였다.

"차가 고장 나서 아직 수리가 안 되었다고 들었습니

다."

"하지만 이거 반납은······."

"전화만 주십시오."

이름과 전화번호만 적힌 명함과 키를 건네고 경호원도 사라졌다. 하릴없이 황일범은 차에 올라 시동을 걸었다. 변함없이 자동차는 무거운 엔진 음을 냈다. 좌측 깜빡이를 켜고 황일범은 차의 지붕을 열었다. 습한 공기가 일거에 쏟아져 들어왔다. 품에서 검은 선글라스를 꺼내 쓰고 가속페달을 밟았다. 가속과 함께 차는 지면에 밀착되어 달렸다.

공항에서 빠져나와 서울로 향하면서 황일범은 며칠간의 사건을 곱씹어 보았다. 계백의 시대에는 과연 화두가 무엇이었을까. 그것은 국가에 대한 충성이었다. 그러나 그러한 국가에 대한 충성의 이데올로기는 필연적으로 희생을 강요했다. 개인의 멸사봉공(滅私奉公)이 바로 그것이었다. 『삼국사기』를 편찬한 김부식이 신라의 입장에서 역사를 쓰면서도 계백을 기록으로 남긴 건 바로 그가 적이지만 국가에 충성한 사실이 지배 이데올로기에 합당했기 때문이다. 이처럼 계백은 나라에 충성하라는 역할모델인 셈이다. 계백은 죽어서도 적들의 내부 지배 이데올로기의 강화에 이용된 거였다.

그렇다면 오늘날의 이데올로기는 무엇인가? 황일범은 이것저것을 떠올려 보았다. 윤리 도덕이 땅에 떨어진 건 어제 오늘의 일이 아니었다. 기술이나 혁신도 결국 더 큰 형이상학적 명제를 위해 종사하는 개념일 뿐이다. 모든 귀결점은 행복인데 그런 행복을 인간이 찾을 수 있는 곳은 어디일까? 구태의연하지만 결국 그것은 가족이었다.

영종도를 빠져나와 서해대교를 건너오면서 황일범은 아내와 딸을 생각했다. 계백 역시도 가족을 너무 사랑했기에 그들의 목을 베려 했던 것이다. 너무나 사랑하는 가족에게 치욕을 안길 수 없었기 때문이다. 검니에 의해서 가족들은 살아났지만 그 씨는 지금도 일본에 퍼져 있음을 생각하면 오늘날 한류의 보급은 결코 씨 없이 열린 열매가 아님을 그는 깨달았다.

통행료를 내면서 훑어본 사이드 브레이크 콘솔 안에는 CD 두 장이 꽂혀 있었다. 클래식 음반은 이제 막 케이스를 뜯은 새것이었다. 구노의 발레 음악 〈파우스트〉와 슈만의 〈교향곡 4번〉, 그리고 스메타나의 〈나의 조국〉 가운데 '몰다우' 가 수록된 것이었다. 황일범은 피식 웃었다. 아마 후미코가 어거스트 홀을 들렀던 그날 듣고 좋았던 모양이었다. 또 다른 CD는 바로 한얼이 어제 준 것이었다. 사인이 되어 있는 CD를 뜯어 자동차 앞 플레이어에 꽂았다. 첫 번째 트랙에 타이틀 곡이 들어 있었다. 한얼의 보컬이 애절하다는 평을 들은 그 노래 〈마더〉였다.

　늦잠 자는 나를 깨울 땐 매몰차지만
　밤늦게 귀가할 때면 언제나 문 앞에 나와 계시는
　마더, 나의 어머니
　당신은 나의 슈퍼우먼

　큰 사랑 놀라운 용기
　그리고 따뜻한 눈물로 자식들을 키우신
　비록 아들은 88만원 세대지만
　어머니 당신은 제게 있어선 삶의 전부

　노래를 부른 뒤 새벽에
　술에 취해 비척거리며 집에 들어가면
　구멍 난 아버지 러닝셔츠 입은 채로
　부스스 눈 비비며
　마더 내게 묻던 말
　밥은 먹고 다니니 아들아…….

　시야가 흐려졌다. 황일범의 눈에 이슬이 맺혔다. 빠른 비트로 불러대는 한얼의 노래가 황일범의 가슴에 와서 꽂힌 것은 의외였다. 그의 노래는 따뜻한 가정의 중심에 엄마가 있음을 일깨워 주고 있었다.

황일범은 자신에게는 아내일 뿐인 그녀가 딸인 민지에게는 지금 이 순간 하늘이고 우주의 시작이자 끝이라는 새로운 사실을 깨달았다. 민지를 진정으로 사랑한다면 그 딸의 전부도 사랑해야 하는 거였다. 모든 애증과 갈등과 부부 간의 성격 차도 결국 죽으면 해결되며, 의미도 또한 없어지는 것이었다. 그 사실은 멸망한 나라 백제, 그 나라의 마지막 충신 계백, 그리고 일본으로 간 도래민의 삶들이 증명하고 있었다.

손등으로 눈물을 닦은 뒤 황일범은 아내와 자신의 관계도 어떤 식으로든 새롭게 노력해 보고 싶다는 생각을 했다. 가능하다면, 늦지 않았다면 지금이라도 돌이키고 싶었다.

"아빠, 나 저런 차 타 보고 싶어."

불현듯 두어 달 전 놀이동산에서 지나가던 스포츠카를 보고 타고 싶다던 민지의 초롱한 눈망울이 떠올랐다. 지금이 아니면 다시 기회가 올 것 같지 않았다.

황일범은 노오지 분기점에서 외곽순환도로를 이용해 판교 쪽으로 빠지려고 끝차선을 탔던 자동차의 핸들을 급하게 왼쪽으로 틀었다. 아슬아슬하게 올라탄 바깥 차

선은 외곽순환도로를 북쪽으로 주행하는 길이었다. 한
강을 건너면 나타나는 일산에는 아내와 사랑하는 딸 민
지가 살고 있었다. 이제 방학을 해서 집에 있을 딸에 대
한 그리움이 갑자기 가슴 가득 차올라 심장이 난생 처음
인 것처럼 뛰기 시작했다.

작가 후기

"네가 우리 할아버지를 욕보이고 무사할 성싶으냐?"

자정 무렵 걸려 온 전화에서 사내는 다짜고짜 나에게 욕설을 퍼부었다. 내가 만고의 역적이라고 알고 있던 원균을 주인공으로 한 소설 『원균』을 발표한 1994년 어느 여름의 일이다. 그는 자신이 이순신의 후예라고 했다. 그러면서 간신인 원균을 높이고 성웅인 이순신을 깎아내렸다면서 나를 비난했다. 물론 나는 의도적으로 그런 적이 없다. 역사의 자료를 바탕으로 진실을 말했을 뿐이었다. 그만치 역사의 진실이 드러나는 걸 두려워하는 자들이 있음을 알게 된 게 그 해프닝의 소득이었다.

그때부터 나는 승리자의 기록인 역사의 그늘에 관심을 더욱 갖게 되었다. 그건 어쩌면 내가 태생적인 반골 기질을 가진 사람이어서일 수도 있고, 장애를 가졌기에 이 사회의 소수자들에게 늘 연민을 갖기 때문일 수도 있다. 2010년에 모처럼 발표한 소설 『사대부』도 역사의 변절자로 알려진 신숙주를 주인공으로, 그 집안사람들이 수백 년간 겪은 수모와 아픔을 소재로 했다. 사실 신숙주는 조선의 기틀을 튼튼하게 잡은 만고의 충신이었다.

그런 내가 주목한 것은 계백이었다. 출발은 아주 단순했다. 처자식의 목을 베고 결사대를 조직했다는데 한 나라의 운명을 책임진 그는 그 무렵 몇 살이었을까 하는 의문에서 시작한 것이다. 애초에는 신라의 기둥인 김유신과 비슷한 또래일 것이라 짐작했다. 대개 역사의 라이벌은 동년배인 경우가 많으니까. 백제가 멸망할 당시 김유신은 이미 65세의 고령이었다. 그의 매제이자 삼국 통일의 주역인 김춘추는 그보다 어린 58세. 그런데 문제는 계백이었다.

그가 죽은 것은 660년이 분명했지만 언제 태어난 사람인지 알 수가 없었다. 이때부터 나는 그의 나이를 추정해보았다. 만일 장년의 나이였다면 그의 자제들도 함께 전장에 나가 싸웠을 것이다. 신라의 좌장 품일이 어린 아들 관창을 참전시킨 것만 봐도 알 수 있다. 그러면 계백은 나이가 많아 봐야 40대 전후의 젊은 용장이었을 가능성이 있다. 가만 생각하면 야전에서 결사대를 이끌려면 그 정도 나이가 맞다. 목숨을 건 전투는 그 나이를 지나면 수행하기 곤란할 것이니까.

각설하고 승자 측의 기록인 『삼국사기』조차 계백의 나이를 알 수 없게 간략하게 묘사한 것을 보면 나머지 사항은 미루어 짐작이 가능하다. 능산리의 고분들도 주인이 누구인지 알 수가 없다. 도대체 백제라는 나라는 누가 그렇게 역사에서 지운 것일까? 22개의 담로가 당나라는 물론 동남아시아까지 퍼져 있었다는 해상 대제국 백제는 어디로 갔나? 패배의 대가라면 너무 잔인한 게 아닌가. 한때의 부귀영화는 그저 신기루일 뿐인가. 그렇다면 패자의 역사를 오늘에 되살려 우리가 새롭게 배울 것이 분명히 있을 것이다. 이것이 이 소설의 출발점이다.

하늘의 뜻인지 우연인지 요즘 우리의 한류가 아시아는 물론 유럽까지 강타하고 있다. 놀라운 변화다. 하지만 동시에 우리는 그때나 지금이나 변함없이 약소국으로서 부단한 외부의 위협에 노출되어 있다. 단군 이래 최고의 물질적 풍요를 누리며 번영을 구가하는 듯하지만 지역감정 같은 내부적 모순이나 사대적 비루함도 완전히 사라지지 않았다. 하물며 완전한 통일도 이루지 못하고 있다.

학교에서 역사를 중시하지 않고, 공부한다 해도 그저

입시나 취직용 과목이어서는 결코 역사에서 깨달음을 얻을 수 없다. 내가 역사소설을 쓰는 알량한 사명감은 바로 이것이다. 글쟁이로서 흥미와 교양이라는 말랑말랑함으로 역사의 딱딱한 깨달음을 포장해 독자들에게 선물하는 것이다. 그래서 작은 편린이나마 내 안에 담고 우리 삶의 지표로 삼자는…….

이제 잊혀진 위대한 영웅 계백을 독자들에게 보낸다. 천지신명이 호응해서 이 책을 읽은 독자 단 한 사람이라도 우리가 지금 민족사의 어느 지점을 가고 있는지, 무엇을 느끼고, 무엇을 행동해야 하는지 깨닫는 계기가 될 수 있다면 더 바랄 게 없겠다.

2011년 여름
울릉도에 가려던 일본 국회의원들이
입국 거부당해 되돌아간 날
고정욱